猫沼

NEKONUMA

笙野頼子

studio parabolica

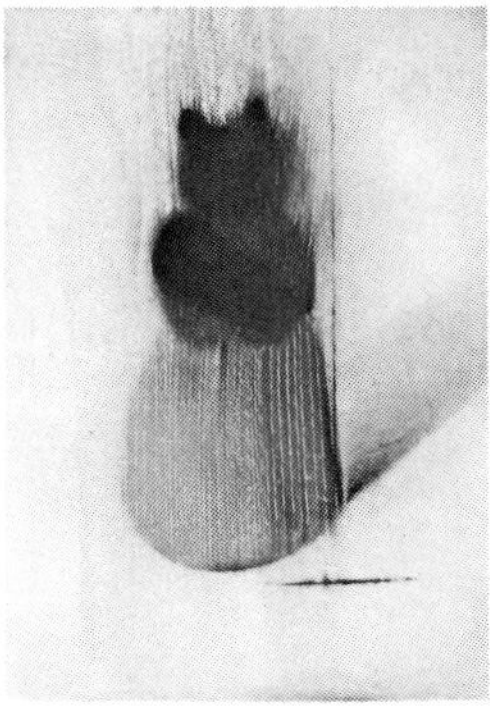

猫沼❖目次

装画―渡邊加奈子「母子像」
装幀―ミルキィ・イソベ＋安倍晴美

猫沼

1　猫住《ねこずまい》

沼際に住みはじめてから十九年を越えた。そこは千葉北の城下町で歴博がある。沼は家から三百メートル程、印旛沼という。

地図で見るその姿は利根川と海に繋がり二県に跨がっている。平行に走る細い水路をあちこちに備え、むろん自前の触手をも延ばした巨大生物である。とはいえ、家の窓から見たそれは光る水の単調な帯に過ぎない。晴天には青曇り日に鉛、雨の日はかすみ大雪に消失する。

つまりこの「帯」の大半は（私の家から見れば）窓から見下ろせる道路を隔て、赤い屋根の家がのった小さい丘と竹藪、雑木林に隠れているのであって。

私がこの家のなかにいる限り例えば「ぬまぎわ」という呼び名に相応しい湿原の感じも、何かを隠しているどろどろした感じも、明らかに一癖ある水の臭いも何も、伝わってこない。それは沼というよりも湖に思える。まあ沼でも湖でもレイクなのだろうが。

例えば最寄り駅の側にはレイクなんとかというスーパーがあるし、少し小高いところに行くとまたレイクなんとかというマンションもある。この沼はなかなか湖っぽい。遠くからみれば光る青い水、近くに歩いていっても季節によってはさわやかな雰囲気。と書くとまるで自分の散歩コースのようだがそんな事はない。私にとって、沼まで歩いていくのは一仕事である。

とはいえ、ここから徒歩ならば、むろん直線三百メートルでは辿れないけれど、ほんの十五分程。ところが実は私自身に問題があって、普段の往復にはちょっときつい。まあだから自分の問題に過ぎないのであって。

もし出掛けるのなら私はその日の朝、普段より少し薬を増やす。帰ってきたらあとはどこにも出掛けないで横になっている。そして外出することも無理と言える。しかしそういう私はけして体が動かぬのではなく、心臓が悪いわけでもなく、ただ、……。

筋肉関節皮膚に症状が出るリウマチ系の希少難病である。不運とは言えよう。しかし私の場合この病は肺や或いは腎臓にまでは来ていないわけで、そこは運が強い。むろん、日常の普通の事がしにくい場合はある。出来ないのではなく出来にくいのである。例えば「気軽な」外出には相当な準備と蓄積が必要となるし、その他、待ち合わせの相手の予定や要求が気軽に変わると、私は絶叫する絶望する、……。

三十分立って待たされただけで、その場にうずくまる。もう少しいてくれといわれただけで顔面蒼白になる。疲れやすいさらに軽く予定を変えられたら、例えば歩く距離が少し違うだけで、時には無事に家に戻れないほど消耗し激痛が残る。その結果ちょっとした事でぎゃあぎゃあ言ううるさい人と言われる運命に嵌まる。そんな設定、で？

最寄りの沼までは「遠出」となる。行けるものならば気軽に散歩に行きたい。にもかかわらず近くで水面を見たことはこの十九年間でたった四回、しかもひとつは雑誌の仕事、車で連れて行って貰ったわけであって、散歩ではない。普段から本当に外に出ない。

歩いて十一分の駅前のスーパーでも三日おきにさえもなかなか行けない、最近はそれも片道がバス、その他三月から十月までは夏も長袖で日光を避けている。感染防止のマスクは一年中今は杖がわりの傘を突いている事も多い。しかし高齢といってもまだ六十代前半、つまりどれも病気故の不具合でしかない。要するに私は、……。

家の中にいる事が嬉しくて向いている。沼には近いけれどこの家は高台で。

実を言うと猫のために買った家である。急に何匹も拾ってしまってやむなく一軒家を買うしかなかった。なお、言うまでもないことだが人間はこの家に私ひとりである。

孤独にローンを組みずっと払っている。この秋やっと残高が七桁になった。無事に払えたのは猫達のお蔭である、と大層に言うが、……。

この地味な小さい家の敷地は三十坪だけ池袋までは一時間四十分、――一階はリビングと一間二階は三間、北斜面の大通りに面した場所、さらに窓を開けると公園の桜（しかし桜の花を私は大嫌い、理由？　不吉だから）。

豪邸にはさまれてひっそりした住まい。十九年前、その隙間に隠れている未来の我が家を最初見た時、これが二千九百万か一生払うのかとまず思った。四角いささやかなプチフールでしかない。色も嫌いではないというだけのオレンジとベージュ。しかし家に入ると理想的な、落ちついた光に満ちみちていた。とたんに、この光を昔、夢に見た記憶がヨ、ミ、ガ、エ、った。ここに昔から猫と居た錯覚も……。

その十分に明るいけれどけして眩しくはない光の加減や焦げ茶の内装が、自分の最後の居場所だと思えてきた。このごく普通の家に夢中になり、玄関のレンガタイル二階のピンク色のトイレを気に入っていた。契約したあと、重圧で寝込んだ。

ローンとは借金、二千九百万の家に四千何百万かを払うという金利の契約。火災保険、手数料、消費税、登記料。

さて、こういう人間に社会性があるというべきなのか、ないと言うべきなのか？

本当に家なんか買って良かったのか？　そもそも猫のために家を買う「社会性」である以上、一定の偏りはあるかもしれないのだ。まあそうは言っても……。

詳しい方が一緒に家をみてくださったわけで。とはいうものの、普段の私は人と会うと疲れるしすぐに本当に腹を立てるので誰にも会わない、しかしこういう時は不思議と助けてくれる人物が出現する。つまり、運がいいほうなのか？　いや、運気全体はずーっと低く悪いところが。

苦しみが続いてそこから逃れようと火事場の馬鹿力を出していると、ふと救いの手が延びる。こうして逆境から必ず立ち直ってきた。しかしそのすぐあとにまた一層の困難が来るというパターンである。私小説にさんざん書いてきた故にここでは省略、そう、……。

助かる、寝込む、災難、助かる、寝込む、災難、そしてどこかではきっと恩知らずなやつ、と言われている人生。それは例えば、相当親切にされていても事態が判ってないという天然のせいばかりではない。いつでも体は痛いし次の困難はたちまち来るし、すると室内を動き回るのが精々となり助けてくれた人との面会でも誰の面会でも断るしかない。結果？　助けて貰ってからでも十年会わない。ところで、……。

そう、家である。この可愛い小柄な見かけと裏腹に家は、土台も柱も構成も、実は丈夫で、しっかりしたものだった。大震災と二回の歴史的台風にもガラス一枚割れず、どういうわけか停電断水も比較的逃れて来た。建ってそろそろ二十年目に入るというのにガス釜などはまだ無事だし。まあ途中で作り付けのエアコンを一度取り替えたから五十万掛かったけど今までの大きい出費はそれだけである。というか、ローンを払う猫を養う、というのが生活費の大半で……。

普段の私は旬に一個百円以下の千葉のキャベツや、時には一キロで百九十八円の素晴らしい有機人参（有機でなければ大袋一杯三百円のもある、色目も素晴らしくて、例えば、金美イエロー、印旛紫、白に緑に金時レッド、リコピンオレンジ等、等の百花繚乱である）を夢中で買い、高級食材は値引きのものばかり、引っ込んだ小さい生活の中、自炊だけを武器に暮らしている。その一方で次々と困難な病気に掛かる猫の新薬や点滴代はせっせと払うしかなく、他に大きいのは保険とか税金、冬の灯油代、仕事の交際費と親戚の冠婚葬祭である。この冠婚葬祭というのは身内と縁が切れていてもたまにはある。ただ私は、携帯電話と車を持っていない。これで現代人の逃れがたい費用を逃れている。さらには旅行も行かないしサッカーも見ないし、家電も機械に弱いから新型に適応できず、買い換えない。すべて、刺激や新しいことに対応できない。しかしそれらを嘆く前につい、これもまた節約、と考えている。まさに資本主義からのささやかな逃走ではないかなどと。

そう言えばカードも一枚しか持っていない。枠は二十万円だけ、ローンを組むときに作らされたのだが、十九年間で、お金は二〇〇六年に一度五万円借りただけ、品物もカードで買ったのは親戚の贈答二回だけである。というかもともと自営なのでこういうものは作りにくい。

一方年金は国民年金だけ、これは六十五歳から一ヵ月五万五千円貰えるはずなのだが、今の政権だとどうせ、潰しにくるだろう。経済格差はどんどん開いてくるし非正規労働が増えて、世の中は厳しくなるというが、作家などは非正規の代表、一次生産者である。

作家も昔は死ぬまで仕事出来ると言われていたが今は大半が商品扱い、例えば編集者の退職移動に伴う、リニューアル、改革、リセット、こんなきっかけでまとめて捨てられる。時代が厳しすぎる。というのも世界経済の単位で一斉に物凄い事が、「素敵な新機軸」が起こりつつある新自由主義の世紀なので。加えて弱いもの苛めのダメな国民性、この国は一際沈んでいく。地方にいると一層それが判る。さて、私小説家の私は、家を維持出来るか？

ふん！　出来るとも！　猫がいる以上しなければならぬ！　ただもしこの友というか家族が……。

死んで私ひとりになったら私は？　どうすればいいのか？　家は、――いつか売るのだろう？　本当はここで死にたいが或いは、家を担保にして生活費を借りるという制度があるけれども、でもそんな制度だっていつなくなるか判らない。今の政府は預金封鎖や死亡税だってやりかねない代物だ、なのに。

この前美容院で不景気ですねと言ったら「えええー？　そーうでしょうか？」と言われたので店を変えた。全国で見ても当市は教育費の支出が多く年収が高いらしい。

最近さえ近所の豪邸が次々とリフォーム、塗り替えられていく。金持ちにとっては不況もチャンスなのか？　我が家は？　貧乏だから放置。だってここは引っ込んでいて目立たないし、そんなに汚れてもいない。外に出なければ壁の苔なんて家の主にだって判らないものなのだ。迷惑でない程度の雑草とかも、私は放置している。そうそう、……。

家は内側が良い内側があれば良い。殊にそこに猫がいれば何の問題もない。しかし、そんな内側の何が良いというのか？　実際に日当たりが？　いいのか、悪いのか？　この家の実に微妙な光の射し具合の中毎日長年私はけして飽きもしない。少しでも暇があれば、ただぼんやりと何もない壁や古いカーテン、埃まみれの家具や水晶を眺めて、うっとりと変わらぬ時間の中に横たわっていたい。昔、夢に見たのと同じ光の中、最近はことに体が痛いので好きなだけ寝ていたい。刺激も変化も不要。理想とは何か？　一年中猫と寝正月する事。そしてそれは書き物が仕事だと（というか傍目から見ると）簡単にすぐ叶えられそうなものなのだが。

が、実は案外に難しい。というのも出来高払いの居職、貧乏ヒマ無し。しばしばの徹夜コーヒーでよろよろである。そんな中、しめきりが何時間か後でもあえて私は布団に少し、滑り込んでみる、しかし熟睡したらお金が貰えなくなる。路頭に迷わぬようにと言いきかせつつも、数分の至福。

無論そこにその他の困難が交差することもある。例えばある日は、……。

二日徹夜して原稿仕上げと裁判の書類（訴えられている、最高裁まで行く）の相談、そのまま難病の六週ごとの定期検査に行き、血を四本採られる。すると血尿まで出ている。ところがそんな日こそ幸福で幸福。だって家に帰ったら猫が無事で生きていた……。

そう、そう、要するに私が無事帰れて猫が突然死していない幸福、である。例えその猫が留守番不機嫌知らん顔、ソファでごめん寝していても、生きていればいい。ゲロ吐いてうんこ転がしてアレルギー再発して耳の毛また剝げてても、生きていればいい。慢性腎不全、サプリ、投薬一日三回、来年十四歳、ピンクの可愛いお団子（皮膚の腫瘍、結局手術した）、こいつが満腹するとこのお団子もぷりぷり膨れてくる？　と私は思い込んでいた（でも違ってた）。そういう、私のおそらく最後の猫と、一緒に住みはじめて二年になる。は？　勘定があわないって？　つまり、十四歳で？　たった二年？　はア？　嘘つきなのかお前は？　いいえ、いいえ。というのもさて、この最後の猫とは何か？

それは全部の猫を看取ってしまった後、猫シェルターから貰った病のある老猫、つまり今のこれ。シェルターの方からは十一歳、しかし本当は十三歳かもと言われていて、後から貰った前の医者のカルテを見たら十一歳だった。なので若いほうにしておいた。そういうわけで年のわりに絶叫、疾走、ハッスル、という元気な老猫の年は不明瞭でその毛色は茶虎、尾は極度の短尾さらに、……。

この短尾が素晴らしい。別に尻尾を見て貰ったわけではないが、あまりにも短いピギーショートで（と勝手に命名）、そっくり返っている。家に来た直後だけは団子にしていたから当日はしっぽなんてないも同然だった。ところがすぐリラックス、するるる、と延びた。が、延びても短い、「なんというしっぽ」、手で包むとうっとりする、ちっぽ、私の顎の下にこの短いやつが釣り針のようにくん、とひっかかって来てこっちは陶然、……。

しっぽ、ちっぽ、と呼びながら私は後を追ってしまう。

ところがこの尻尾やろうは、いろいろ心配がある。そもそも腰椎が一個足りん上に、老猫、さらに病猫、という以前に手が掛かる。それは野性、潔癖、びびり、パニクり、口贅沢、文句全開、猫草中毒、トイレ奉行、抱っこ主義者、一番ひどいのは猫なのに猫嫌い、とどめは水選びのこだわりにも程があるという点。

そしてこれの元の名はジョン様、で、今の名がピジョン。一応考えて付けた名前である。というのも前の名が濁音、発音、促音、ならば頭に半濁音としよう、と。それでピ、ジョンのピ、ピジョンの、ピッピジョンジョン、ああそうそう、ピピピのピージョンだねえ。なーんちて、さらに意味は鳩、これはたまたま。でも平和の象徴だ。おっし！　これなら戦争も反対だし、さらにこの名前、来て半年後、……。

思いも掛けず、猫はこの新しい名前に返答した。本人に通じたのだ。ある日、無意識に呼んだら珍しく猫らしい普通の鳴き声で「なー」と無意識に。私は感動する前に心が停止した。お互いに何か時を越えたと。

というのもこの猫は普段の鳴き声が全部絶叫なので、それに老猫だから新しい名は無理と思って、遠慮して本人の前ではあまり呼ばなかったから。さらにどちらも前の家族を失った同士だし（それは後ほど）、猫も前の名前（と飼い主）の方が好きだろうと。しかし、そんな名前でもけなげに覚えてくれたわけだが、今は用もないのに呼ぶと怒るようになった。

そんな、うるさいもの嫌いの癖にくっつき主義者で、寂しがりなのに寝たふりする留守番嫌い猫の後頭部に、帰宅後まず私はそのまま、ぴっ、と指を当てる。するとたちまち頭がそっくり返って「ぎゃいんん？」とお返事。つまり、喜んでない、翻訳すると？「うさいわねっ！」ここでもう猫めは、鼻の孔全開、さらにたちまち大声で「ごろにゃん」、「ごろにゃっあん」――しかし、これは甘えてではない。単なる喜びの声つまり、翻訳すると？「おそとっ！　おそとゆくっ！」、ぴょーん、ソファを下りる。さあハッスル、ハッスル！

フェンスで囲った庭への戸を開ける私、まず猫が生きている事が幸福でならない。

昔、ソファの上で突然死したのがいた、五歳三ヵ月で。滅多にない夜の外出から帰った日、その猫の死は私の世界を変えてしまった。それはピジョンと同じような短尻尾の茶虎、野性のきつすぎる雌、……とはいえ、尻尾はピギーではなく、筆の形、下の方へまともに折れていた。普段はバンビのように尻に付けていて、立つと鉛筆になる。そのしっぽは、……美食ではにかみや野性がきつく、とうとう最後まで尾に触れさせなかった。亡骸を病院に連れていった。生き返ると思って。生き返らなかった。いつも、私は生き返ると思ってしまうのだ。その時冷たくなった尻尾を私はつい握っていた。

私がそれまで持っていた多くの欲望はその時に消えた。何も要らない、家族が無事であれば。

六十越えてからは昔より一層、疲れるようになった。最近の午後は時間があればすぐ二階の小さい寝室に隠れるように、くたくたの古布の中に埋もれて眠っている（熱も時に出ている）。布団から顎を上げて光る昼間の白い雲を、少しの景色を見る。十代から病気は出ていたから、若い時からただもう寝ていたいだけだった。私にはこうして覗き見る雲が一番好ましい。世界旅行や真っ赤なドレスはけっして似合わない。十五年着ている、八十年代風のロゴが付いたトレーナの柔らかさに皮膚をこすりつける。とろーんと眠気がさす。私には沼の見える場所が似合う。しかし、……。

こんな私でも最近はごくたまに、体が動くようになると薬を少しふやし巫女鈴を提げて、一点共闘で国会前に行く。

医療食糧の危機、自由貿易条約、ＴＰＰや日米ＦＴＡ等に反対するのである。このデモの仲間に入れてくれた食健連、農民連、の方々は穏健で優しい。ひとつ言っておきたい。

もしこのFTA等を放置すれば、けして私のような貧乏人だけではなく、相当な金持ちでも、今は儲かっている国内産業でも、最後には膏血を搾り取られて肛門まで干からび、ガイガーカウンターの鳴り響く道に捨てられる。医薬、年金、農林水産、だけではない。国が無くなるのだ、経済や言語の主権が、などと言うと余りにも偉そうだが、……。

しかしそこまで危機感あっても、結局、本当に一年に一、二回出掛けられるだけだ。でもまあ本に危険性を一杯書いているから邪魔しにいくよりもその方が良いのかな?

さて、……この二階に寝ていても老猫のピジョンは元気でここまでちゃんと登って来る。

そもそも三月から八月まで私の枕元にずっといるのである。夜も朝も私がふと起きると顎にちっぽが引っ掛かっている。二階にもちゃんと猫トイレは置いてある(ずっといられる)。だいたいは居間から階段を音もなく老猫らしくなく、関節もないようにするする登って来る。しかしその一方時には腰が痛いのか、両足揃えてそれでも凄い跳びで上って来る時もある。まあどっちも最初に軽く、すと、と音が聞こえて、姿をあらわす。奇妙なのは部屋に入るときたまに方角が判らなくて絶叫する事。ドアが開いているのによくそんなになる。むろん目はよく見えている。しかもベッドの方向にはけして迷わず、すぐに跳ね上がる。で? ここでもう猫は全尻尾こすりつけの全頭突きマシーンとなる、たちまちお互いに協力して、……。

人間が延ばした腕と胴の間に猫は横たわっている。私はまず位置の微調節をし、やおらたーっと撫でる、すーっと擦う、腋の下に猫をぎゅっと挟む、さらに人の頬を猫の腰に少し浮かせてあてる、むろんゴロゴロ言う。いつもさんざん櫛やタオルで雲脂取りだの毛玉ほぐしだの手入れさせられているので、その感触は均等でふわふわと暖かく、飼い主は報われてうっとりとする。後ろ足の肉球に指を延ばすと、右足はそのまま、左はやがて逃げる。この肉球がまた、てんこ盛りぴかぴかロケット型ピンク。ただ、この勢いに比して体の方は少しも肥満してくれない。腎臓が悪いというのもある、老いても弾丸のよう、というのもある。左足先に麻痺が少しある。老化で右前足首の骨が薄かったり関節もレントゲンで見ると健康ではない。

時々、なにかがひびくのか急にぴぴっと右手を振りしかもその後で手を無心にぺろぺろと舐めている。妙な姿勢をしたり左足を上げるのを忘れていたり、上げ損ねたり、しかし全体には横跳びでもなんでも老いても野性系あまりに力強い。たてに跳ぶのも一メートルならたちまち！　だがそれでも天井近い高所にはただ上がりたそうにしているだけ。そして弾丸のようなはずむ腹をして、力強くいきみ、剛速球で落ちる弾丸のような便をしている。ああ、どことなく可哀相この元気な老猫、……しかしこの猫によって。

昔失った欲望をというか生きる意欲を、この年になって私は少し取り戻している。というのも、非科学的なことを言うが実はこの猫は昔、……。

突然死した猫の生まれ変わりなのだ。五歳で死んだけれど、尻尾は逆向きになってしまったけれど、それでも年取るまでよそにいても戻ってきてくれた。

ほら、また似ている、ほらまた同じことをした。しかし、……。

そう言っているうちにすぐにまたこの生まれ変わりは勝手に音もなく下におりてしまうのだ（或いは私の目が覚めるといない）というような感じで、……。

2
猫移《ねこうつり》

最初からたまたまバリアフリーだった廊下や室内を、私は時に伝い歩きして移動している。階段の手すりにすがって壁に凭れ登る。それで料理をしたり原稿を書いたりして生活している。自活を始めたのは三十年程前、それからというもの、たまのデモや通院、買い出し以外はほぼ猫といる。書き物と煮炊き、家の中をはい回ってでも猫の世話をする事が生活のすべてである。どういうわけか私が自活するとともに猫は現れた。いや、逆に猫の出現で自活したのだろうか？　つまり猫に養われているのではないかとずっと思っている。そのせいで猫を連れて動くようになったのではないのかとも。私は猫に宿を借りている。寄生もしている。

生まれてから今まで引っ越しは九回、最初のは誕生百日目に母親の実家から帰ったもの、けして転勤族の子供ではない、二回目から七回目までは自分だけが原因で転々としている。しかしその六回目において、私はすでに上京していた。

場所は八王子、学生専用となるそこのレディスマンションを、住んで六年目に追い出された。その時になぜか、出ていけという相手に意地になって、「出ますとも、丁度私は猫が飼いたいと思っていたので、ここではちょっと」などと言ってしまっていた。無論次の転居先はペット可などではなく、そもそも猫を飼う気など全く無かった。で？　無職も同然の中年物書き女性が住居をみつけられずその結果だまされて入ってしまったのは小平市の振動部屋。それは街道の交差点に面していて、騒音でガラスにひびが入る環境。猫は？　隣がお墓だったのでそこに飼い猫らしいのが二匹いたけれど、眺めただけでかまったりもしなかったしかし、……。

あの時ただ一言、「猫」と口にした。さらにその他には、ただ姿を見ただけで私はなんとなく書けるようになった。綱渡りではあるが家賃も払えた。そこで二つ目の賞をもらい騒音の物凄い住居から脱出成功。

とはいえ自活初心者なので節約は出来ても資金繰りをうまくする事が出来ず、最初は難儀した。次の引っ越し先は中野、ついに個人的に猫と知り合った。その猫、キャトの費用を得るために前倒しをしたり本来書けないはずの分量をこなしたりして、さらには仕事先がなかなか載せないし侮辱もするとなると、原稿を引き上げて親切なところに逃げたりするようになった（昔は作家を育てたりする編集者がいて、よく助けてもらった）。そうこうするうち、……。

最後の二回はついに直接に、自分の飼い猫のために越すことになった。その時点ではもう猫を所有していた。というか、猫と別れたくなかったので決死で動いたのだ。なんでも出来たのである猫のためなら。

そんなこんなで、というかもともといきなり、知らないところに住むのが私は平気である。その上にまだ猫とならどこへでも行く、しかしバイタリティはないし動いてうれしくもない。ただまあ土地と切れていても人と切れていても猫と繋がっていれば平気なので幸福に住める。その結果が今の沼際である。

ここに引っ越すまで住んでいたのは池袋に近い、というより雑司ヶ谷霊園すぐ隣の古いマンションである。まだ自活も四年目だったが芥川賞をとったので少しお金があった。しかし当時はまだバブルの余韻もあり、自営業者などに良いところを安くは貸してくれない。そのマンションは古くさして広くもないが、山手線環内高級仕様、はっきりいって私ごときが住むところでなかった。時はまだ九十年代半ば、独り身の貧乏人がそもそも2LDKカーブしたベランダ、ピンクの絨毯作り付けの大オーブン、その上に場所は純文学の聖地、で？　誰が払うんだよここの家賃、と悩んでみたところ、家族ははげましてくれて……。

「あなた大丈夫よ、私が助けるから、あなたのような孤高の天才だって私さえいれば平気、ほら、流行するから」、そう言ったのは冬の公園で全身をぴくぴくさせて凍えていた、伴侶猫のドーラ、私小説のモデル兼ミューズだった。鼠は取らないが拾って半年で芥川賞と三島賞を銜えてきた宝猫。さて、どうやって知り合ったかそんな幸運の猫と。結構、実は今も悲しいのだが。

その冬の公園に、私は事故死しているとも知らず、中野の最初の猫キャトを探しに行ったのだ。人に聞いて、そっくりの猫がいると言われたから出掛け、するとまったくの別猫で、毛色もグレー?っぽくて……。

ちなみにモデルと言うものの作中ではすべてこのドーラを、私は鯖虎と書いてしまっている。が、実は雉虎である。猫素人に多い間違いだそうだ。その上で「鯖虎なのに茶色のブチがある、これは三毛なのか」と悩む場面も書いた。しかしこれもまた猫素人のよくある間違いで、つまり焦げ茶の濃淡を猫素人は、鯖だと思ってしまうものらしいのである。そこで例えば、……。雉白のオスの体にある薄茶の斑点(よくある)を見て、「うちの子は三毛猫のオスでしょうか」などとネットに写真を上げる、飼い主も現れる。

当時の私も本当に何も知らなかった。というか最初のキャトに知り合った時は三十代半ば、自活が始まったばかりだった、そもそも猫に肉球があることも欠伸をすることも吐くことも知らず、ただ、飼うのなら避妊手術をしなければならぬという事だけは、人に聞いて知っていた。

しかし食べ物の量も外が危険なのも、外にいると汚れるのも、猫が憎まれるということも本当には判っていなかったのだ。四半世紀も前の話だが思い出すと悲しい。

キャトはケンカで耳の切れた気の強い黒茶虎で、むろん雌であった。しかしこの毛色も縞三毛というべきなのか白に黒茶虎というべきなのか私は、未だに判らない。猫は顔がとても整っていて可愛いが頭が大きく、片足に軽い麻痺というか突っ張りがあった。しかしその分上体だけはがっしりとし、前から見ると非常に逞しかった。生まれてから七度目東京で三度目の引っ越し先である中野の住まい近くに、ある日、ふらりと現れて人々に可愛がられていた。私は部屋に住ませ医者に連れていきキャト以外の名前で呼ぶ人にやめてよと言ったりした。食欲のない猫なので七百円のシマアジをよく食べさせていた。当時の私は「刺し身は健康な猫でも二切れ程度にしろ」とか、そういう事さえも知らなかったわけだ（悲しい）。手術はしてあると思うと医者が言った、これは救われた、今もしてくれた方を拝むのみである。

キャトは飼っている間に余所にスカウトされ一度いなくなった事があった、気ままなところがあった。その時は首輪をして戻ってきた。普段の居場所は松の木のてっぺんとかマンションの給水塔の上、足が悪いのにケンカは最も強く三倍程の大きさの猫にも勝っていた。ところが人間に向かうとしおらしくて、可愛いとか可哀相とかいわれていた。人気のある猫で私などでは頼りないと思ったのかもしれない。次第に家にあまり居ついてくれなくなり、外でも別の人になつくようになり、ある日失踪した。ポスターを四百枚貼って探したが、事故死していた。キャトを探しに行った公園でドーラと知り合った。その時に別に似てもいないし大きくて怖いドーラを、死ぬかもしれないと思ってしまい、ついつい通って猫缶を食べさせた。雪になりそうな時に公園から連れて帰った。事故死するような飼い方はもう嫌だと思った。そこで、……。

断ろうと思っていた、というか本来貰えないし必要ないと思っていた文学賞を受けた。というよりおそらく猫を拾ったために運が変わりその賞が取れた。こうして、……。

本来、私ごときに借りられる筈もない住まいを借りた。夢が叶ったのか？　しかしそれは先のない自営業者の身には悪夢のような高級さで、ただ当時はペット黙認のマンションさえなかなかなく、黙認でもそういう高いところしかなかったのだ。そう、そう、思い出したよドーラ。「大丈夫、平気で払えるから、だってほらあたしがこうしてすりすりするでしょう？」ドーラは(こわもてだけど)体格の良い美猫の上(なれると可愛い)、いわゆるスリ猫、百色の声で延々と鳴きながら……。

柱に伸び上がってからだを擦りつけたり、片足をあげて人の体に擦りつけたり、むろん胴体側頭部は言うまでもない。一日中へびか豹のようなするするの体で何かしらに必ずすりすりをしていた。普通の長尾より五センチは長い先が漆黒になった凄いしっぽも、人の腕に肩にいちいち巻いてきた。が、そうしてすりすりしていると興が乗るのか、いきなり私を噛む、牙は尖っていて、「プレイ」はエスカレートする。パンチが来る事も始終だった。しかしともかく、ドーラといれば噛まれようがひっかかれようが、なぜか私はそこの家賃を払う事が出来た。

目白に近いそこは惣菜屋も魚屋も贅沢だがそんなに高くはなく、まだ猫の慢性腎不全というものになっていなかったドーラはキャトと同じようにシマアジを好み、しかしキャトとは違って外に出られないため、森茉莉の描く植田夫人のようにこんもりと太った。目白の橋桁の店で買った猫ベッドをドーラは気に入り、私達はそこで五年間を共に繁栄し無事に暮らした。ところが、……。

ある日、ふいに誰かが餌をやって居つかせた猫達がマンションのゴミ置き場で一群になって眠るようになった。それが私にこの家を持たせてくれた新しい仲間、これも福猫だった。その名前はギドウ、モイラ、ルウルウ、失踪したので連れて来られなかったハンス（ごめん）である。その他に彼らから生まれた子猫三匹、途中参加のボニーもいた。

だが、そもそもなぜ、私は彼らの世話をするようになってしまったのか？　それはそのうちのギドウの姿を若猫の頃に、たまたま一、二度見て気になっていたからだ。最初、ギドウは痩せていてふわふわで雌に見えていた。明日も知れぬのに明るく美しく可愛かった。私は餌をやらなかった。というよりいつも忙しかったり具合悪かったりして外にも、ろくに出なかったたから会えなかった。彼らを居つかせたのは他の人でたちまちルウルウとギドウの間に子供が出来た。それがカノコ、フミコ、リュウノスケだった。こうして、ふいにゴミ置き場に子猫が出現した。成猫とちがって隠れようとしないから、私にでも見つけられた。

私はまずカノコに出会い拾おうとした。まずはカノコのために猫缶を開けてみた。その音でたちまち一族が現れ出て、その結果私はギドウと再会したのだった。逞しくなって毛も荒れていたが、やはりギドウは大変人なつこく美しく可愛かった。要するに結局は、縁があったのだ。

こうして一匹だけではなく全部の面倒を見るしかなくなり、まず他の住人に協力して貰い、子猫三匹を捕まえて良い人に託した。するとそこにまた一匹が捨てられていた。坊ちゃんと命名し、良い人に貰われた後、ボニーと改名した。しかしここまでで計八匹。表にはまだ四匹ギドウ、モイラ、ルウルウ、ハンス、が残っていた。私は彼ら四匹を地域猫にしようとした。雌二匹を手術しワクチンもした。ところが、ハンスが失踪した。

地域猫というのは今では定着している方法のようだし、都内の不幸な猫はこれで減っている。とはいえ二十年も前の話である。当時でも周辺からは感謝されたが、結局は殺すぞという人が現れた上に、そこは実際に殺される地帯だった（ただしハンスは殺されたのではないと思う、というのもその地域の犯人は毒殺で死体を残すからだ）。

私は考えた。猫を無事に生かしなおかつ、閉じ込めておくために必要なもの、それは猫用フェンスが張れる一軒の家である。猫を、引き受ける、猫と一体化する？　別に猫好きではない。たまたま好きだった相手が猫というだけで私は運動家ではない。

貧乏人なのではるか郊外に出た。中年の自営業者なので普通より高い保障会社の料金を受け入れ、ともかく組める銀行で必死にローンを組み買えるところを買った。しかしそれで猫的にはOKになった。つまりどの猫も外にいたとしたら、残忍な人類に殺されるか、無残な自然の力で息絶えたはずだ。こうして、そもそも最初キャトに出会ったとき、ふと夢想しただけだった猫フェンスというものを、なんと実際に張る事になった。こんな形で夢を叶えるのか私は、……。

引っ越しトラックにペットキャリーが四個、……。

ギドウとモイラは顔も尾もそっくりのサイズ違い。ルウルウはそっくりでも尻尾は中尾。ドーラはむろん赤の他人猫で長尾だし毛色も、なにもかも違う。しかし全員がパニックである事は同じだった。高速の轟音に絶叫する一団、我が家に着いた時彼らは全員が、移動用ペットシーツにおしっこをしていた。

覚えている。あれが私の本当の建国独立記念日。我が領土よ、我が猫民よ。

さあ家だ家だよ、新天地だと私は夢中で猫達に宣言した。なのに荷解きを終えるや否や、それまで仲の良かった姉妹猫がまずケンカを始めた。神経質な先住猫と新参の三兄弟、覚悟はしていたが四匹全員がオレ様で嫉妬深く、最後の最後まで分け飼いとなった。

しかも引っ越しの疲れで私は立てなくなり折角二階建ての家に越したのに毎日階段を手をついて登っていた。ドーラはしばらく悲しんだがやがて窓から見る田舎の景色に魅せられ、運動場も増えて落ちついてくれた。ただ新参は野性が残っていたから、工夫を続けた。

ギドウはフェンスを張るまでは二十四時間外へ出たがり絶叫した。家の真新しい引き戸の皮に歯を立てて数センチも噛み千切り朝まで騒ぐ。私は猫じゃらしで遊ばせ、つるつるの床にカーペットを敷いてこの雄の不安を軽減した。鎮静薬をかけるとかは考えなかった。

フェンスを張ることはむろん最初から決めていたのだけれど、そんな工事でも自分には大変で、安くうまく（二階のネット込みで四十万）張れたけど普通よりは遅れた。ただ張ってしまうとギドウは落ちついた。ところがモイラである。最初、私が気づかなかった隙間から脱走した。とはいえ半日程で戻ってきてくれた。フェンスのその隙間にブロックを置きつつ、神はいると思った。

一方ドーラは私が一階に行くたびに階段を下りてきて分け飼いのドアのガラス越しにずっと私を目で追っていた。

そう言えば若猫のトイレ使いも予想外だった。一年間布類の上にしかおしっこしなかったのがモイラ。ギドウやルウルウは時々やらかすけど基本上手だった。しかしモイラにはいろいろと手間をかけるしかなかった。むしろそれ故に野生故に、存在それ自体が可愛かった。むろんギドウにしてもルウルウにしても、猫はどうせそれぞれに可愛いのだが。

モイラが死んだ時はまさに号泣した。いきなりであった。家の中に入れておいたのにオーロラ姫のようにかくしておいたのに、永遠の眠りについてしまった。世界中が豪雨、感情全部に針が刺さっていた。心を動かせば絶叫する。——モイラの野性である事、存在自体が私に訴える可憐さ、それが一層思い出されて苦しかった。それでも他の猫がいて立ち直れた。特にドーラが見事に判っていてくれた。

ずっと私にくっついてくれ、普段のようなパンチも繰り出さず声もおとなしく変わっていた、やがてそうしているうちに時間が眠りが、軽減させてくれた。この突然死は案外にあるケースだと後で知った。とは言うものの、……。

未だに悲しい。ずっと、生きている時のようにお供えをしてそれで誤魔化している部分がある。十五年経ったのにまだ供養を止められない。しかしピジョンが来てからは、モイラのお骨に、お前はもう生きているからね、と言うようになった。猫は生まれ変わって戻ってくる、というある意味ごまかしだ。が、そんな救いのある人生をピジョンはくれたのだ。

というかこの半生、そもそも猫は私の生命に根拠をくれている。私が死なないのは猫がいるからだ。朝起きて歯を磨けるのも猫様のお力だ。

どの猫も多大な恩恵を与えてくれた。みんなで暮らそうと私は叫ばせて貰い、猫国民になった。思えば家を買ったあれが幸福の絶頂であった。私はただただしたかったことをした。出来なかった事が出来た。助けたかったから助けた。むろんそこまでが限界、でも限界までした。友達に囲まれ幸福は永遠と思っていた。歳月は流れた。

次々と看取るしかないのは判っていた。とはいえモイラの三年後ルウルウが逝った。これは先天性で千匹に一匹の、不運な腎臓の持ち主であった。八歳になったばかりだった。

モイラの時と違って号泣しなかった。張り詰めて眠れない感情がおかしい。ある夜眠っていると、こっちへ手伝いに来いというひどく事務的な声が聞こえて、綺麗な川が見えた。私は窓から飛び下りそうになってしまっていた。しかし、……。

夢の中でさえもふと反対側を振り返れば、そこにはドーラとギドウが眠っているのだった。私はどろどろの猫沼に生還できた。

ドーラは十七歳と八ヵ月生きてくれた。雌だし特に長生きというのではないが、拾った時一歳という数え方をしていて、しかし案外もう少し上だったかもと思う。

十五歳までは丈夫な猫だった。拾ったときに既に腰か足が悪かったけれど、ギドウたちの世話を始めたときに腎臓が一時的に悪くなったけれど、それらはけして深刻にならなかった。ただ老化で脊椎湾曲が出たのが十五歳から、そこからは癲癇になり、痴呆にもなった。猫の痴呆の看病と言ってもいろいろだと思う。

猫本人が出来なくなった事あるいは判らなくなった事を、猫当人に気づかれないようにしてどうして補うか、それが大切だ。――方角に迷うようならばつい立てなどでむしろコース等を決めてあげるのがいい。癲癇はフェノバールの他にステロイドをうまく使って、発作の回数を防げたように思う。他、一度だけ尻尾かまいがあって二週間不眠不休で、尾を齧らないように見張るしかなくなったとき、私は猫が尻尾に気づいた瞬間、冷静な態度でペットティッシュをかぶせ尻尾を隠しそれを一日中繰り返した。しかし見張るのは本当にきつかった。あの時、――猫の尻尾は短いほうがよいとふと思った。長いから齧るのだ自分の尾を敵認定して、がうがうして血を流す。人間含めて今までで一番可哀相できつい介護だった。ただ思えばあの時、ドーラの気性を考えて私はエリザベスカラーを使わなかったのだ。しかし今となってはそれが正しかったかどうか実は心許ない（使えば良かったのかも）。

この発病初期、猫は一夏浴室に閉じ籠もりそこに住んでいた。投薬ストレスで食べなくなった時期でいろいろ工夫をし、とにかく一緒にいた。当時は文壇の偉い女性の作家からしばしば意地悪電話が掛かってきていて、邪魔なのでついに迷惑電話お断りサービスに入れて相手しなくした、ところが向こうは偉いので文芸誌の編集部にずっと問い合わせて怒る。しかし猫と偉い人なら猫の方が大切に決まっている。やがて——、ドーラの癲癇は軽減し、痴呆はおとなしい、よく食べるよく眠るタイプに落ちついていった。

歩けなくなると心配していた脊椎湾曲も結局軽く済んだ。無論、家の中は廃墟のようになっていたし、ルウルウもモイラもいない一階でギドウは可哀相だったが。

なお、文壇の方は実はお断りしておいて正解であった。というのも後述するけれどどうせ何したって結果は同じだから、逆らうほうがまだまし。どうせすべていちいち最初から嫌われていて、最後には追放される事に決まっていたのである。

ちなみに「海底八幡宮」とか「猫ダンジョン荒神」とか哲学土俗含みの読みにくい作品の中にこの老猫看病をいちいち書いておいたら、そこだけは参考になるという感想が関係ない図書館読者から、まあ無理もない、という感じで入ってきていた。

こうして、穏やかな痴呆猫としばらく本当に幸福に暮らした。しかしある日ドーラがお腹だけを上下させる変わった呼吸を始めた。何度も何度もホームドクターに見せたが判らないと言う。二〇一〇年、お盆にいきなり何も食べなくなり死にそうになった。が、また若い頃以上にすごい丸呑みで食べはじめた。やがて体重も増え始めた。しかしそれは今思えば猛暑に胸水が出て増えたものであった。特発性乳靡胸という珍しい病気だった。病名がついて二回胸水を抜いてもらい、ドーラは楽になった。すぐに酸素ボックスをレンタルした。が、九月十七日早朝。

自宅で膝の上に乗せてドーラと別れた。大往生だと言われ、私はただ幸福だったね、ありがとうね、と感謝し続けた。悲しむ心まで死んだようであった。しかしそれから九年越えて、「ドーラを実家に置いてきた連れて帰らないと」という夢を見た。その時に初めてひどく悲しいと思った。大震災もありその他にもあり、悲しむ時間自体もそんなになかったのだ。そもそも……。

ドーラが死んだ直後、一匹だけ残った雄ギドウが急激に痩せ様子を変えてきた。今までも騒ぐ方だったがひとりきりなのに、夜中中叫び、走り回る。自己免疫疾患の甲状腺亢進症であった。これも当時近隣ではなかなか引き受けてもらえない病気だった。東京ではもう治療法が確立していたらしいけれど、近くの医者がドン引きしてしまう。大きい病院にセカンドオピニオンを貰いに行く。結局地元でなんとか見付け転院して、対応してもらった。

当時は直るかどうかも最初のうち判らなかった。薬はメルカゾールと、やはり途中からはステロイド、サプリも入れて一日数回の投与である。ドーラにしていたため投薬は慣れていた。その上もともと人になれているギドウなので一層うまく、受け入れてくれた。シリンダーで食べさせるのが普通の強制給餌も、ギドウは口に指をつっこんで塗り付けて食べさせる。悲しいも何も、夢中だった。

ドーラの死後、私は昼間の寂しさに耐えかねて大学に勤めに出る事に決めていた。ギドウの治療方針が固まった後で正式に契約した。するとその開始直前あれがやって来た。国全体に不幸の影が落ちた。もう個人の出来事を悲しむ余地はなくなっていた。学生と一緒に夢中で社会問題を学ぶようになった。ちなみに大学は無事に最後まで行ったけれど、今後、私を雇うところはない。というのもその勤務中に難病が判明したから。契約後途中でくびにされる事はないが、普通は最初から判っていたら取らないと思う。

このお勤めで人間とかかわり合えたことは本当に良かった。猫の代替品として人間は時に使えるものだ。それにギドウの最新治療一ヵ月数万円、これをお給料で楽にまかなえた。

治療は成功し健康な猫となんら変わらない状態になり、ギドウは発病から六年七ヵ月も生きてくれた。ところがある日ふいにほんの数日、具合悪くなって、……。

またしても猫によって違うそのたびに新たな悲しみ方をわたしはしていた。心が焼き切れて動けなくなっていた。胃が石化して欲望は何もなく家のなかが怖かった。夢が真っ暗になり眠ると地獄に連れて行かれそう。

それでも猫を新しくどこからか貰うという事は一切考えてなかったのだ。というのも、今まで出会った猫たちには歴史があったから。自分の意思だけではない縁があったし、どうなるか判らない運命の中で一緒に生きてきた盟友でもあった。その関係はあまりにも濃く、独特で、彼らの後継になる猫を貰うということは不可能に思えた。どちらかというと人と猫ではない部分で私は彼らと繋がっていた。ばかりか、……。

そもそもひとり暮らしで自分が突然死したらどうするのか。家を買ったときはこのままだと殺されるから助けるという言い訳があった。しかし余所から貰おうとするのならそれは無理だ。それに昔は若くて自分はまだ死なないと思う事ができた。ところが今は年寄りとなりその上に難病と判明している。仮に子猫を拾ったとしても二十年生きる。私は八十すぎまで生きられるだろうか？　病気が悪くなって入院したらどうなる？

とはいうものの、……まったくの猫知らずから発して三十六歳から飼い、次々看取って二十五年目、ついに誰もいなくなったのだ。数日の間、すべて虚しく人生は失敗に思えた。なぜこんな知らない土地にいるのかと初めて思った。それから自分の病院が近いということを思い出して少し気を取り直した。医者に睡眠導入薬を貰って数粒使った。別れて三十五日目、夢のなかでギドウが今度は三毛猫の雄に生まれ変わってくる、と言い始めた。目の前で彼の死体の毛色が自動紡織機のようにどんどん組み変わって、違う猫、三毛になっていく。なのに顔は元のまま。

生まれ変わりを探そうと思いはじめ、さらに一週毎に回復している自分に気付いた。結局四十九日あたりから寝られるようになった。しかし食べられず八キロくらい痩せた。

要するに、……二〇一七年五月十七日深夜から、同十月二十九日、世界猫の日午後一時半までの五ヵ月と少し、この家には猫がいなかった。知っている、それを地獄と呼ぶ。

しかし今は発情中よりも凄い絶叫声が家中にひびき渡っている。近隣で一番大きい動物病院の患猫の中でも、猛獣ナンバーワンのおたけびである。飼い主以外には平気で反抗、待合室を振り返らせる有名猫。

さて、それがまたいなくなる時の事を思う。

その時はおそらく、家中から全部の生爪が剝がれ、冷たい川の中で笑われながら、沈んでも沈んでも死ぬことがない、紅蓮地獄であろう。無論、何回も乗り越えてきたけれど。次はどうなるのか。だってその猫の性質によって個性によって、悲しみの乗り越え方は違うのだから。


ところで、今まで絶叫も短い尻尾も茶虎も私は慣れている。だけれども今回このピジョンの事情が違うのは、無論お互いが死に別れというだけではない。というか、そこは対等であっても……。

ひどいこと、こいつは私との関係などいつ切っても平気と思っているのである。なおかつ私にぴったりと密着している。すべて平気なのだ。ピジョンは最初のうちだけ朝から晩までごろにゃん言っていた。が、今は絶叫もふてくされも、無視も平気でする。毎度毎度ご飯が気に入らないとそっぽを向く、その上で「いーいもん、いーいもん」と言いはじめる。「ふーん、ふーんもう帰るから、お父さんのところにかえるんだもーん」と。ちなみにお父さんとは溺愛しているピジョンを置いて突然死された、単身の初老男性である。

前のシェルターでも他の猫達が馴染もうとして寄っていくと、ピジョンは拒否して、徹底した猫嫌いを示していた。ボランティアの方にも何ヵ月も慣れず、「ふーん、ふーんだ、お父さんがシーバ買ってくんだからふーん」とわがままを言い、シェルターのご飯を食べようとしない。何度も入院して鼻チューブになっている。しかしどこも悪くない。

お父さんがなくなられた時はお葬式でも本当にしょんぼりしてと、シェルターの方の話だった。特別に大切にされていたと聞いたけれど、それ以上の個人情報は無論得る事が出来ない。

そもそも今もいつでもお父さんのところに帰れるとピジョンは思っている。その一方で奇怪にも私をお父さんと呼んでしまってもいる。最初などここを前の家と思い込んでいた。しかしそのせいで方角が判らなくなるし、段取りが違うと、怒りだすのである。「ほら、あれあるでしょ」ふいに私に言うピジョン。然しむろん私は「あれって何?」と不思議がるだけ。だってそんな「あれ」なんか見たこともないし。なのに「ほらほら、ここにあったじゃない」というのはいわしのおやつだったり、大きいバケツに入れた水だったり、普段は使ってないけれどその日たまたま出したカノコの形見の猫用枕だったりする。「ほーらあったじゃない、ねっ、お父さん」。ピジョンは、……。

「お父さん」と呼ぶ事が一種の気分を表すのだ。お父さん、とまず呼んで、ある時はいきなり走り出す、そして「お父さん、ハッスルよ」と、ハッスル、ハッスルになる。すると私はその時にはお父さんになっている。さらに、こうなると私は例えばピジョンと一緒に何かしなくてはいけないのだが（期待されている）、ところが何をするべきなのかまったく判らない。だって私は本当はお父さんじゃないのだから。

その他、ピジョンには、カレーライスを作っていると機嫌良くなってはねまわるという反応がある。この現象を、カレーライスハッスルと私は呼んでいる。ここへ来て二日目で発現したものだ。その時も私は（自分では知らぬまに）お父さんにされていた。ピジョンは飛び跳ねて膝の上に登って来た。その上でカレーの置いてあるテーブルに前足をのせ、紅茶茶碗に鼻をつっこみ、「ほら、これ飲むでしょ、なんで？　ないの？」と。「あるでしょ、お父さん」、しかし、これで猫が何を飲むのか、私は判らない。

むろん、冗談ではない。私がカレーを作ったからここを家だと認識したのかもしれない程、大切な事である。

お父さんとは多分、カレーライスを作る人なのだ。嘘ではない、そもそもこいつはお父さんという言葉がちゃんとわかる。発音すると目を見開く、瞳は和んでいる。

だって電話中に別の話で「お父さん」と発音したら走ってくる。電話の会話だってすべて判るのだ。

そもそもシェルターに私が電話をして、ピジョンを引き受けるという相談をしていたら、電話口で、「えっ、今こっちへ来ました急に」と言われて鳴き声が聞こえた。いつもは引っ込んでいて部屋にも出てこないと言われていたわりに。それが「お父さん、お父さん」。

まあそういうわけでシェルターを出る時もお父さんのところにかえるものだとピジョンは思っていて、来た当座はここがずっと元の家かまたは、お父さんがここに来るのだと思っていたようだ。しかし前のところは二十三区の高級マンションで、こっちは郊外の一軒家なのだ。可哀相に……。

一度あんまり可哀相なので自分はもうお父さんになってしまおうと思ってなってあげた事がある。それはピジョンが来た当座、その時期はシーバという猫缶のとろみタイプが好きだったのでそればかり食べていた。シェルターでは愛情はあってもそんなにいちいち買ってあげられないからここに来て夢中で食べていたというわけ、私はせっせと本当に街まで這いずって行っていろんな種類のシーバを買ってきていた。よもやまた猫のために何か出来るとは思ってもいなかったからこっちも夢中で。すると、……。

私が買ってきたシーバを食べながら実に可哀相な事をピジョンは言ったのだ。

「このシーバ、お父さんが買ってきたの?」やむなく、うんそうだよ、と私は言った。お父さんがまだいると思っているのだな、思わせておこう、としかしピジョンは毎日聞くのである。「ねえ、このシーバお父さんが」、「うんそうだよお父さんが買ってこの住所に送ってきたのだよ」、「本当、お父さんの？　お父さんのシーバ？」、「……そうだよ、お父さんが買ってきた、……お土産のシーバだよ……」、お父さんは今にきっとここに来るからね、と言ってやるべきなのか。次第に、……。

嘘を言うことが苦しくなってきたそれである日、私はとうとう、お父さんになった。「このシーバ、お父さん」、「このシーバ……」、「そうだよ！」、私が、お父さんで、私が、買ってきた、私はお父さん、私の買ったシーバ、だから。——それは画期的な答えだった。ついに私は嘘を言わなくてもよくなったのだ、つまり私が本当にお父さんになったからだ。するとピジョンはその時ふいにとても和んで、「ほら、あれでしょ」とまた言ったのである。つまり私は、お父さんだからあれが判るのだ。「ああそうそう、あれだよね、でも忘れちゃった」と私はいそいで答えここでふいに、……ピジョンはその場の何かをお父さんといっているだけだと自分（ピジョン本人）で納得したようだった。とはいえこれ、本当の、亡きお父さんに対しては申し訳ない。だって、お父さん、それはピジョンの最も大切なもの一番好ましいもの、本当にかつては実在し唯一不変のお父さんと呼ばれた存在なのだ。しかし運命は変わりこうして、ここからお父さんは偏在する点滅するものになった。しかしまあそういうピジョンを私は猫らしいと思う。つまり強固に盟友意識と信頼関係を持っていた前の連中とは違う生命体で。しかし猫とはなんだろう。むしろこういうものなのでは、と最近の私は思いはじめていた。

とはいえ、こうなると結局私はやはり前の猫を思い出すしかない。好きだった相手がたまたま猫だっただけの人間同然の盟友達。すると、猫仏壇に向かってついつい、名前を呼んでしまう。けして猫一般ではない特定できる彼らの、意味がある名前。だが一方、こうなるとピジョンはいちいち「お父さん、はあい、はあい」、とどこに居たって返事するのである。私は感謝する。つまりそれで関係も対象もすべてかき曇って、喪失の苦しみが隠れていくから。というかピジョンは私に、絶対にひとりごとを言わせない。すべて自分への言葉と信じて返答する。

前の猫達は抱っこが嫌いだった。身仕舞いも嫌いだった。しかしピジョンは私に自宅美容院をさせる。まあ別に年齢なりの毛並みにしかならないのだが、その上で抱っこ抱っことせがむ。最初は義務だった。が、今では私の方が麻薬的になっている、洗脳されたのだ。

なんというか対人間的立ち位置が以前の猫達と本当に違う。ご飯や投薬、サプリ、トイレ、それらの世話は済んでいても、抱っこが不足であると、ピジョンはひどいことになる。耳を掻いて血が出てしまう。家電の上に全部吐いてある。認識よりも抱っこ、共闘よりも、……。

何年猫といたって、私は抱っこ文化に染まっていなかったなのに今はその中核にいる。

その上この猫は異様に短いそっくり返ったちっぽを得意になって、いちいちふり回す。やってきて人の顔にその短いそっくり返ったちっぽを、くん、とあてがう、あるいは人の腹にちっぽを押しつけてぐりんぐりんぐりん回す、物凄い筋力で。ぎいぎい、と押すちっぽ。

私はいきなり意識朦朧となる。気持ちいいからだ。痛みが消えるからだ。

これは要は前の仲間とは違う、なんというかまさに猫を飼っているとしか言いようがない状態。違う生き物、未知の生命そのもの。心の交流ではなく何かの中毒? そしてなぜこんなにも耽溺してしまうのか、前の猫とは瞳を見交わしていた。しかしこいつとはすぐに接触で抱っこ。ひとりで寝ていると気になってつい下におりる、そうして、たちまち結局抱っこ、抱っこ。

なぜこんなたわけた態度が私はとれるのか、でもそれは多分死体のように生きるより良いからだ。でも、いつまで私はそうできるのかこれが死んだらまたどんなに悲しいのか。

3 猫幸《ねこざいわい》

昔の推理小説作者が一種の理想として書いていたような、食料買いだめ引きこもり生活（でも現代だからネット付きの自活）。しかしかつかつでもそうなったのは実は三十五歳からだ。自活はそれからずっと続いているものの、むろんそこまではいわゆる厄介者であった。そのせいもあって、人間とは暮らせない。当然の事として、「いられるのはここだけ望むのは平和だけ」。

そもそも実は私には難病になる前にもつまり子供の頃から、困難があった。生まれる時に一昼夜仮死でいたせいなのか、子供の頃にはずっと霧の中にいた。

幼い日常は出来ないことばかりだった。図形とか順序とか判らなかった。にもかかわらず知能が低いかというとむしろ高かった。文字や数字は人並以上で二次方程式を解いていても、植木算が判らない左右が判らない。方角も判らない、人の話も霧のなかだし今帽子を置いた場所も、物事の道理も、お湯の温度味の加減も、痛いのも暑いのも例えば、自分の家のドアをある日反対に開けて壊す、途中で気がつかない。仰天しながら「開かない、開かない」と力を掛け続けて……。

酷いときには体の複雑な動かし方というか、手足の置きかたなどが、別に体が不自由なわけではないのに咄嗟に判らない。手振り手繋ぎ、できない。線を引く紙を切る塗り絵をきっちり塗る、そんな事さえ無理。要するに、……。

今までで一番「あれはおれだ」と思った男性、それはスタンリー・キューブリックの、フルメタル・ジャケットの、デブさんである。ちなみに、私は女性に共感しようと思っても女性の動作や服装や人間関係が出来ていないので、まあ例えば痴漢被害とか容貌差別とかそういうものになら大いに共感するが、でも個人個性として、自分の内面のダメさの仲間を見つけるときは、なぜか男性に注目するしかない。

そう、フルメタル・ジャケットのあのデブさんである。彼は弱々しくて色が白く、髪形と顔の輪郭があっていない。命令が判らない、人と同じにできない、きっぱりとは動けない、軍隊に入り上官に苛められる。

訓練中なのにドーナツを一個隠し持っていて、ばれてしまう。連帯責任で他の兵隊が全員腕立て伏せの罰を食らう間、その腕立て伏せのなかで彼は隠していたドーナツを無理に食べさせられる。彼はおやつを我慢しない規則が守れない。環境の中でおろおろするだけ、当然、仲間に苛められる。それでも人の話を聞けない習えない。しかしまあそこまでは別によくあるだろ？　と年取ってからやっと見たこの映画を（家で）見ながら私は思っていた。すると、……。

なんという事か、運梯を渡っていて彼は、落ちそうになった、つまり頭脳だけではない筋肉まで弱いのだ。歩いていても遅れるし横腹も痛がる。すごい！　これはオレだほかでもない、……き、君はオレだと私は叫んでいた。ちなみに私は映画というものをほとんどみない。結局もともとから目も悪いからだ。映画館で見ると二週間医者に行く運命だから年をとってから家でやっと見られた。で？　彼は苛められた結果病的な集中力を発揮して狙撃の名手になる。さらにとうとう、一人前になったとき、そこまで「仕込んでくれた」上官を撃ち殺す。「これは？　私小説ですか」でも私は目が悪いし彼は筋肉弱くても一応男性だ。戦場に行けば彼こそきっと、多分悪い行いをするであろう。だけど、そうか……上官を撃ってこそ兵役を中断出来たわけだ。

幼いころ、自分が毎日学校に行っているのかどうかすら判らない日があった。起きても布団から抜ける体がない。子供なのに頭の中に霧がわいている。学校の規則を乱してはいけないのが理解できない。騒いで自分だけで困ったりしていれば学校全体が消えると思っている。小学校の落とし物箱の中に自分で落とした自分の名前が書いてあるハンカチが入っていて、ガラス越しに見えるのに自分のだと思えない。そのまま、三年放置する。クラスでは誰かにおどおどと媚びながらいちいち他人をほめていて、それでむしろ相手をいらいらさせ怒鳴られている、向こうは自分よりはるかに成績の悪い子。というのもどの子であれ、——私が親に家で言われている事をそのまま言ってやると号泣して逃げるからだ。なのでやむなく気を遣って生きているうちにそんなになった。その一方、会ったこともない生徒が自分の家にある文具を壊したといって影で怒っている、理由は私の母親がその子供の母親を嫌いだから。

いつだって何も判らないし何も出来ない。対人も会話も、そしていやだと言っているのに高価な服を着せられその臭いに苦しみ、しかもその服故に目立って嫌われていた。が、……。成長とともにそれらが次第におそらく脳の可塑性であろう、ましになった。最後の学年など遅刻なしの皆出席になった。しかしそれと入れ替えのように、難病の症状が現れてきた。それは、十七歳になって都会の予備校にやって貰うまで、家族から怠惰や精神症状と思われていたような不具合であった。実は難病だった。

病気は十代から結構悪かった。伝わらない何かを抱え、機嫌悪く生きてきた。彼らには長く迷惑をかけたしいろいろあって既に殆ど交流はない。昔から私はずっと具合が悪かった。しかし、病と判明し病名がついたのはほんの六年前。ここまで人に伝わりにくいテーマも珍しい。

十代で名古屋、二十代で京都、三十手前で東京へ転々として、と言ってもここまですべて仲の良くない親の金で外へ出して貰ったのである。思えば、十代から難病では仕事もしにくかった。というか親は元々絶対医師になれと言っていたわけで、理系でなければ人ではない、というその希望に背き文系になっている。要するに私の人生は人としての生は、名古屋でカギのかかる個室を貰ってからだ。そこは女子寮であった。

日光を浴びない家族のいない予備校生活、体の具合はいきなり良くなっていた。しかし二浪して京都の大学に行き、外に出るようになると疲労して高熱を出した。さらに京都では路上でも学内でも男性からの性暴力トラブルが起きるので、最後は下宿に籠もるようになってしまった。その当時から続いている細かい不具合? サンドイッチの具を落とす。自分で作ったのもプロの作ったのも、手首が定まらずぽろぽろと落ちる。さらに、……。

ただ紹介されてそこに平然と立っている事、ふと失敗した時にうわーっと言わないで静かにしている事等、どれも出来ない。

卒業しても当時は健康優秀な女子さえ四卒の就職はない。公務員試験に落ち、法職課程という弁護士コースも入れず、そのまま京都に居残って要するに、……。

健常な方々と同じ事を何もしなかったという青春が残った。出来る事だけをしていたので小説家になったのだ。

二十五歳である文学新人賞を受けた。書くことは本当に向いていたようだった。文学全集等は幼いころすべて読んでいた。ただ母親の反対で上京出来ず、その時点でしておくべき事をしないで引きこもってしまった。京都生活は恥の固まりで何もしてなかった。

田舎から都会に行き、作家になった。という文字通りの希望をかなえた人間ではない。何もしたくなかったし、しようと思うと笑われて止められたし、いる場所もなかった、文だけは書けたからそれで生きるしかなかったのだ。親の手前、親戚の手前、どこかに出ていってなければ恰好が付かないけど、出ていった先ではずっと、足や尻の線が出るような不格好なズボンを履いて靴を濡らしていた。すぐに転んだ（足がもつれるので）。せっかく仕送りを貰っているのに親が顔を背けるような恥まみれの外見。特に京都にいた二十代後半、新人賞持ってるのに。

仕送りが来ると、朝からほか弁に行ってふたつ買ってすぐ食べている（至福）。食べると言葉が口をついて出るので、原稿用紙などに、昔だから少し手書きをしてそれで力尽きて、後は次の朝まで横になっていた（痛いしすぐ疲れるし熱があった）。布団の中では北方民俗の神話とか全部覚えているのでただそれを思い出していた。とはいえ書くことは私を奮い立たせ、私に意味をもたらしたのだ。しかしそんな素振りを少しでも人前ですれば、無論（家族にも）攻撃された。夜は苦しくてなかなか眠れない。今思えば精神的なものではなく、多分筋肉とか関節とかきつかっただけだ。

朝からはよく畳の上に、膝に手を置いて座っていた。ぶくぶくの指をして何も考えていない。行くところもない、しかしそれもおそらくどこか痛かったからだ。

リウマチはもうあった。指の腫れは、治療で治るものだったのに知らなかった。全身に内出血のような大きい斑が出たり、奇妙に足先がずっと痺れていたり、どうも普通と変わっていると思うけれど結局放置する。しかし時には畳の上を繰り返し滑って遊び、充実する、少しの動きでもするする動けると本当に楽しいから。

病は発病した七十年代始めに、やっとアメリカで病名が提唱されはじめたもので、日本の名医にさえ分かりようもなかったから、親はさぞ困っただろう（別に病院巡りとかはしてくれなかったけど）。

東京の十五年どこにも行かなかった。美術館に少し、ただジャズは夢中になった。自活してからはというか本が売れてからは、ひとりでブルーノートなどに何度も行ってみた。音楽は良かったが鼻血が止まらなくなり、腸が固まって異様に疲れた。しかし今思えば都会は私にとって本当に似合わない場所であった。とはいえ、そのまま故郷で静かに一生を終えられるような、愛される、無事な人間ではなかったのだそもそも、……。

親は女性が娘が、生まれたのが嫌だったのだ。それで私は母親の実家の、母が馬鹿にして侮辱しぬいているその妹の家に、養女として押しつけられる事になっていた。しかしそもそも向こうの家だって娘は嫌いだし貰うのなら優秀で健康な弟を欲しいのだ。それにいくら馬鹿にされていてもおとなしくても叔母は実は芯が強くきれい好きで、姉からの高価な服とか花瓶のお下がりは喜ぶけれど、私のような小汚く将来のない、不器用で口ごたえもする大きい臭い娘は絶対にいらなかった。

両方の家が私をいらなかった。しかしいなくなる事も出来ないのだ。その上で、何かをしていれば禁じられる。しなければしない事を責められる日々だった。子供の頃からただ鼻を詰まらせて家に座っていて、母親が怒鳴ったりしていても外に出られなかった。

成人してからも、アルバイトをしようとすると、おかしなことをするから迷惑だと止められた。運転免許を取る事は女の運転など事故るに決まっていると、禁じられた。しかし今この沼際にいて悔やまれるのはそこだ。車があればと、ただまあもともとから目が悪いので。

しかしそれでも、それでも、私の親はオッケーオッケーである。だって本当にいい年した私に、生活するお金をくれたのだ親は。朝からほか弁を二個食べる以外、何の行動力も欲望ももっていない娘に毎月毎月、十七から十八年間も金を送っている。いくらバブルのど真ん中でも商売やっていても、普通そんなのさせていたら親は絶望して首を吊るよ。ただその一方、私は成人してからも選挙に行くことさえ実質禁止されていた。外に出ていたのに、住民票を分離してくれない。高熱を出して、今思えばそれは難病性のものであったのに、保険証も分離してくれないから、医者に行けない。というとひどいようだが間違ったやり方で大切にされていた。自活したとき、電話で選挙行きたいと怒鳴り散らして、ついに住民票を奪って投票をしてやった。まあ奪ったといっても自分のだけれど取り返した。というわけで特に、恨みつらみはない。

支配も侮辱も攻撃も抑圧もすべて、お金と引き換えだった。本当に、本当にお金をくれた。働かなくても仕送りしてもらえた。たまに家に帰っていきなりひどい事を言われて「ウーマンリブ」という仮想敵にされ、どなられて一晩泣かされたあとでも、さっとワープロを買えといって十万円くれた。そこは心から感謝している。あれだけ嫌っていて攻撃していても、よくくれたものだ。バブル期も幸いして、惜しいということさえ感じないでくれた。お蔭で難病でも生きられたし、向いている仕事の作家になれた。ところが、ここからである。

いわゆる自立をした事でむしろ母から異様に憎まれ父からも過大な達成目標を与えられいちいち試され、せせら笑われるようになってしまっていた。

一方私は書くほうでは楽天的だったし諦めなかった。びっくりしたのは何も売れないのに時には天才とか言ってもらえる事、その一方、批判の方はと言えば、批評など毒舌とさえ思っていない。だって親の方がすごかったものそれに十年も平然と持ち込みして「タフ」だったし。その上で今も読者を喜ばせるためならなんでもしようと思う。というか、痛くても死ぬまで頑張れれば私は幸福だ。

京都に居つづけてから何年もたって、やっと東京に出たときには私の名前はマスコミからもう忘れられかけていた。原稿は持ち込みするしかなくなっていた。とはいえ、最初にデビュー作をもっとも押してくれた選考委員が志賀門下の、史上稀な傑出した私小説家だったため、その名において、普通は読んでもらえないような未熟な原稿を、私は持ち込みで読んでもらうことが出来た。「あなた、すごく力はあるのだから、その文章だけでもすごいからいつかきっと」などとはげまされ、時には掲載して貰うことはできた。どんなに不遇でも味方してくれる評論時評があった。だがそれでも、恋愛やセックスを書かないのと、今までに類例のないような文章や外見の小説を書くので、セックスだけが文学だと思い込んでいるような編集者からは「中絶や未婚の母になってその体験を書け」と言われて没が続いたり、本を出さないと言い渡されたりした。

とにもかくにも、発表し続けていても、本が出なかった。やがて作家論が出ていても著作がないし、新聞の時評に載ってほめて貰っているのに、それでも出ない。一冊目を出すのに十年近くかかった、しかしその本で二つ目の文学賞をとり注目され、その次の受賞が版元の宣伝効果もあって少し売れた。その次でほんの一時期オリジナリティ重視になっていた芥川賞を取った、つまり、多くの人に判る作品ではないから。

四十の時、まだ六十代の母が絶対に死ぬガンになった。それはブーム直後の一番稼いでおかなくては後々一生にひびくような時期、よせばいいのに無理して看病に帰りむしろ嫌われた。それで母の葬式を終えたら故郷とはほぼ縁が切れた。母からは看病中いつも臭いと言われた。父からは完璧でないために疑われ怒鳴られた。連れて行ったドーラは五百グラム、私は九キロやせた。

父には既に、何十年も前から、彼の仕事も心も支えてくれる理想の娘がいた。血はつながっていないけれど商売の後を取る真の親子だった。そういうわけで、……。

私は女性を苦しめるばかりのこの国においてさえ、相当楽なありがたいパターンで生活していた。だってもし下手に親子仲よくてしかしお金はなく、それでごめんねと言ってお金を出さない親といたら私は親に世話されて自活もしなかっただろう。故郷は帰らなくなって既に十年越える。一番風呂に入り続けて三十五年越えた。

時々考える、あるいは私は出生時からあらゆるものに阻害される嫌われる運命だったのではないか、などと。自己責任かどうかは知らないけれど、私とは何か嫌なものというかこの世にいてはいけない存在だったのだ。それがたまたま「運良く」世間の表に出てきたのだから、……。

結局親が見ていたって誰が見ていたって、嫌な気に入らない存在なのかもしれなかった。だって親も日本のマスコミや男尊女卑にきちんと適応してあのようになっている。一方私は動物のままである。嫌われる未開発、何も刷り込まれていないあつかましさ、くどさ。

その上皆さん嫌がっても私はここにいる。ならば、こんな女、元の暗闇に戻してしまえ、と思う人も多かったのではないだろうか。嫌われていてそこにいられない私、というのがもう野良猫家族の世界。例えば私の容貌、……。

書評新聞からマスコミ、ネットまでけなしていた。さらにはあったことのない人間とセックスしている絵を十万部誌の冒頭に描かれた。むろん弁護士を立ててその雑誌から詫び状を取った、するとこの国の常で逆に多くの人々から憎まれるようになった。

「なんだあれは売れてもいないのに」、「なんだ偉そうに無知蒙昧が」、「身振り手振りして喋っているぞ、汚い醜いデブ」、そう言われるからこそ無理して多弁になり、洋服も買ってみる。他、文壇パーティで人が集まっている、その中心にほんの一時期、立つことに耐える。しかし本来の私はずっと、ただ外れてぽつんといるのが自然な昆虫でしかない。マスコミにも学閥にも何の関係もない。人と違うけれど商品にならないものを書いている自分。しかしそんなものが、目障りにも商業文芸の場所を占めているのである。結局、……。

売り上げで文学や芸術をはかり、文芸誌や文学賞をなくせという声を自発的に批判する運命(使命)になり、やがて次第に、世の中の仕組みが書けるような隅っこの社会派になっていった。ネオリベラリズムという言葉が流行する前に、私はネオリベラリズムへの警鐘を鳴らしていた。ネットで純文学のカッサンドラーと呼ばれ、まあそれでこんな時代になれば一年一、二回でもデモにも行くわけで。

しかしこれでさらに分かりにくくなり一層売れなくなる。それでも一時は論争家として、大西巨人氏が認めるほど名前が出て、論敵百人と言われていた。思想誌や論壇誌が特集してくれて読者は消えないし、強固になる。しかしそれと共に微妙に減りもする。というのもその読者とはまず文章が判る人で、しかも詩人やラディカルフェミニストや琉球独立派が主になるからだ。もとよりマスコミ、アカデミ文壇の気に入られるはずはない。そうこうするうちに、……。

かつて、新人賞の二次会で二十五歳にして、生まれて初めて行った文壇バーにおいて、……。

その日私の隣に座ることを拒否してゴミ箱の蓋の上に座っていた若い男が初老の局長になって着任してきた。あらわれるや否や彼は、昔自分でも受けた文学賞の選考委員に（まで）なっていた私をたちまちクビにした。それは労働問題にして専門家への弾圧、そこでついつい抗議記者会を開いて謝らせた。というので、またしてもこの国の常、逆に全体から憎まれるようになった。まあ要するに似合わない文壇主流派の上昇ラインにほんの五年ばかりいて、それから私は次第にいなくなった。むろん、こういう場合本人には干される理由など明かされるはずもないし、絶対に判らない。とはいえ結局なんのかんのと私は生き返ってくるのである。というか書きつづけてやめない。干されても干されてもどこかではやっている。さらに、体裁だけは書いているようですねえ、と論争で私に完敗した上で出世していった大新聞の時評家から、小馬鹿にされたそのあとも結局、……。

難病と発覚して書いた闘病記が少しだけ売れて、純文学で一番大きい賞に恵まれた。「あんなものの何が純文学かくやしかったらアレを取ってみろ」と言われていたまさにその賞、今までに四回は落ちていたものだ。「ほーら取りましたで」と受賞式のスピーチでつい言ってしまい、この国の常でまた憎まれた。一層足を引っ張られるようになった。しかも、いくら「文学に昇華」出来たとしても、この病気は一筋縄ではいかないもの。

最初の根本治療で大量の薬を使いその時は本当に元気になり、「我世に勝てり」と得意になったものだ。しかし、治療薬は時に悪魔と呼ばれる副作用があっていつか必ず減らすしかないものなのだ。この減薬の結果「ぼちぼち行くか」の世界の住人となった。その上病名がついてからもう七年、加齢で病気が悪化するばかりかそこに普通の加齢が重なって来た。

今は右手の親指と左手の小指にやや難があり、関節は毎日どこかが炎症、筋肉はすぐ疲れで痺れ固まり皮膚も広範囲が紫に腫れて痛む。とはいえまったく立てないとか、叫ぶ程の激痛、掛けている毛布が石のように重くて捲れない等の現象は投薬が始まってからはさすがになくなった。ただ、要するにちょっとした日常の動作である。

片足を引きずる、スイッチが捻れない、ビニール袋が切れない、ボタンを押したつもりで力が弱くて押せていない、ナイフ、フォーク、サイフ、花瓶、物を落とす、足を引っかける、それは根本的治療が終わって減薬になってからの蒸し返しなのである。判っている、世の中は蒸し返しなのだと。とはいえ、……。

結局具合がよければ重い荷物をさげてすたすた歩いているし、今でも乗り物の席をつい譲ってしまう。痛みも地味にここ四十年本人は痛いということさえ忘れていて判らなくなっている。医師に「それは痛いからです」と教えられるまで言葉にも出なかった。

「元気ですねー」、「大丈夫ですかぁ」、「もういいんでしょう」と言われてにこにこできなくて、すまん、と思いながら黙っている。

よくあるのは肋が痛くて立ち上がりがきつく、動こうとしなくなって固まっている事、以前はそういう自分をついつい怠け者と感じ脳内で張り倒していたが今は「判っている」。でもどっちにしろ動きにくい。昔一度予定通りに起きて着替えもしていたのに、それでインタビューに遅れた事があった。私小説にさえ、病気とは書かず、疲れや怠けとして私は書いていた。とはいうものの……。

「痛い」と言わずとも症状をいちいち、残している。なので読者には私の生命の人間の本質的部分だけ伝わっていた。勝手に言うがそれが私の文章の良いところなのだ。構造のない細部が真実を伝えるというのを実践して来て、自分のだるさや難儀さが他人と違うものだとは理解出来なくても人には通じた。同時に、同じ病気の読者が複数三十年来熱心に読んでくれていたという驚き。

私には大きな幸福はない。ただ幸福な細部が世間の見過ごしてくれるような小さい猫幸があちこちにあった。ひとつ、読者に言葉が通じる事、ふたつ、猫が身体的仲間になっている事、みっつ、バスで行けるところに難病の専門病院が不思議とあった事、さいご？　最初は心細かったはずの沼際がこうして故郷になっている事。

そう、沼は、故郷になっている。けして第二のではない。育った土地には最初から私のいる場所などなかったのだから。

4
猫隠《ねこがくれ》

その四月は珍しくギドウに余計なお留守番をさせて、春の花祭りに出掛けたのだった。越して十七年目、初めての物見遊山。玄関を出た。公園の木を見上げてから、ほーっと幸福な息を吐いて家の前の坂道を下りていった。森に向かっていく道を外れ橋桁に竜の石像がある川を渡ってから、畑を潜って踏み切りをひとつ、傘に縋りながらひょこひょこと越えた。バス道に沿って車の音に怯えながら、結局ひどく目が霞むのでこわごわ歩くしかなくなっていた。なれぬ場所はあきませんなあ、でも、行き着けば楽しいに決まっている。竹藪と崖さえ、角度によっては見えないほど光ってしまったり、全体にスリガラスがかかっているようだ。そんな視野は怖い。だがその事がなぜか、なんとなくこの世がこの世でないような静けさももたらしている。家から少し外れると森や田んぼが続くのを眺めるだけでも歩きが不安でも僥倖と思えてきた。仕事はともかく今はひとりで動くのが快適、結局人間とはいられないのである。自分の力でなんとか外に出る楽しさ、それ以外に楽しい場所は食卓と風呂と布団とワープロ、机の前、猫のいるソファ。

朝晩二回ギドウさんに投薬用やきかつお、さらに二回プチマグロの薬入りを差し上げる。薬はメルカゾールやステロイドの他にセミントラもあった。当時はラプロスがなかったので。

十八のきれいな優しい男の子は黒目をきらきらさせて熱心に私の方をみながら雌っぽくみゃー、という。薬がストレスにならず検査もよく受ける珍しい猫。ソファに座って足が悪いので、横に寝ていても絡めていたり、或いは片足だけ延ばしている事もあった。牙がもう抜けていた。老猫の足指は時々開いていて見つけると心配で胸が痛くなった。それでも年取っても綺麗なつやつやの茶虎で、良いスタイルだった。

家を出るときは猫に触れて出る。これがお別れになってはいけないから。家に帰ると猫が待っている。それ以外の何も望んではいない。

私が食事する時は猫の飯が既に、必ず済んでいる。ギドウは満足して眠っている。それは私にとって、ギドウと一緒に食事しているのと同じ事である。

ギドウには大学に行っている五年間、週一でお留守番をさせた。暑くないか寒くないか何よりもモイラにそっくりの兄弟である、突然死しやしないか。だけど大学のお給料はギドウの治療を本当に楽にさせてくれた。帰りの電車からバスの中から、長くあってない恋人に会うような喜びと心配が毎週胸に沸き上がった。十八の男の子は可愛くて優しくて病気とは思えないというかまったく健康なまま。——私は大学の帰り路、駅のスーパーで猫用のおやつを仕入れていた。それらはすべて投薬用だった。腎臓のカリカリが大きすぎるのでピルカッターで全て割っていた。よく食べよく甘え機嫌よくて、健康な猫としか思えなかった。

無論年なりに便秘したり寒いときに吐き気止めも飲ませたり心配はあった。しかし腎臓の数値さえ正常の範囲内。

大学の任期が終わってからはずっと一緒にいた。一年一緒にいてちょっとした用でも急いで帰った。お留守番は出来るのだが帰るとずっと私を見ていて、結局彼も一匹飼いだけを望んでいたのだろうかと、……長い歳月が可哀相だった。

無事に一年たって冬を越えてモイラの突然死した三月も越えた。きっとこれで無事に十九になるだろうと私は気を緩めた。勤めを終えて、大きい文学賞の賞金も残っていた。無論国内にだって猫を置いて旅行なんかしない。ただ歩いて十五分の沼に行きたい。本当に珍しく足が痛くなかった。

沼に行きチューリップ畑をみて帰るだけなのに私はまるで外国観光のように、たんぽぽやブルドーザー、赤土のこぼれ落ちたバス停の写真まで取ってきていた。記録しなければ忘れる、だけではない、家に帰ってその光る画面を見てやっと頭に入るという独特の目の悪さ。それは若いころはごく微妙なものだった。角膜に珍しい疵があるせいだ。しかし何年か前から体調や仕事による酷使に呼応して、霞むようになった。いままでは辛くともさして気にはならなかった。白内障はまったく進んでこないのでけして不自由ではなく、ただ時々、不具合という状態。見えないわけではなかった。つまり見える時はすごく見えるし、ワープロもうまく工夫して打っている。しかし、すべての人に起こる眼球の老化が、私の場合角膜の疵と相乗して視野に大変不利に働くようになった。

夜暗いと、まあ山に近いため本当に暗いのだが、私は自分の家に帰るための道を間違える。バス停からだと一本道なので平気なのだけれど、自分で歩いてくるとそして暗いと、曲がるところが判らなくなっているのである。家の周囲は碁盤状になっていて紛らわしいし、その他、さらに言うと目以外の理由でも暗くなった山道には絶対入らない。五十越えて追いかけられたことがあったからだ。でも、……。

当日は昼間だし花祭りに行く人々が行き交っていて安心。

ガードレールの隙間から道をおりて靴の沈む柔らかい黒土の広場に入った。既に花畑の土と感じた。水路が光っている手前の道路に棕櫚の木が並び、小さい猿田彦神社の幟と森が見えて、……こちら側には田んぼ、空には？

雑誌の用で一度来たときの記憶があるからこそ、どこに何があるか理解しているのだ。

空にはオランダから来た風車が回っている。沼には貸しボートが浮かんでいる。住んで十七年目、ちょうどなにもかも奇跡的にうまく行っていたから、私はついに、沼際まで歩いて花を見に行こうと計画したのだった。広場の祭りに来あわせたのは生まれて初めてだった。

花は水車を取り囲んで整然と咲いていた、きれいな色ばかりのクレパスの箱、緋桃、真紅、黄紫、八重赤黄、斑入り縮れおれんじ、炎緑白、くりいむ、マンダリン巨大花弁、薄紅八重咲き、——すべてこの花は猫の毒だというので扱いに注意して、庭に植えるのを選んで掘る。庭だから大丈夫猫は絶対に外に出さない。猫を、……。

近隣では殆どの人が家の中で飼っている。だって毒草だけではない。森も沼も夜になれば野犬と猛禽が活躍する。猫嫌いは「毒を巻くぞ犬にかみ殺させるぞ」と猫フェンスのある家へ平気で言いにくる。

引っ越し直後の私の家に、いきなり来てそういったのは、純白レースのエプロンをしたおばあちゃまだった。むろん彼女はすぐ、脳梗塞か何かで入院したけれど。

花畑に祭りの日にだけ音楽ホールから持ち出される、パイプオルガンの音色が風にからまって空に延びていく。音に連れてオルガン上の人形達は円舞し、楽器に下がっている鐘が次々ときらきらと鳴る。

この広場では春はチューリップ夏はひまわり、秋はコスモスの祭りがありその都度、……花束や地元の野菜が売られことに春は格安の球根堀り取りがある。春夏秋の二週間ずつ、沼際は賑わう。最終日には近くの車が渋滞することもある。この他に沼際では大がかりな花火大会もあるが、これは、嫌う人もいる。

しかしともかく花祭りが春夏秋の三回その一方、大変残念ながら、沼際の冬、これは寒いだけでおそらくなんにもない。というのもこの水辺には白鳥が来ないのだ。惜しくもここから車で二十分ほどの小さい湖に飛来するのみ。あるいは白鳥が来る事と来ないことで、湖と沼の呼称が分れているのかもと私は妄想するが……。

やはり花も何もない時というのは、せいぜい自然観察や民俗の調査くらいしか用のない場所かもしれない。つまりいくら観察しても例えば「寒の三日に沼から竜が出る」とか、「小晦日の真夜中に沼の底を覗くと光輝いていて、そこにたすき掛けをした若い衆達が楽器を鳴らし餅を搗いている」とか、「水面にその掛け声と音楽がかすかに響く」とか、そんなのがないから。——すると祭りの六週間以外は誰も来ないのか?

いや、しかし、にもかかわらず私は、そう言えば以前、……つまり花祭りも何もない時にまだ若いひとりの編集者をこの沼際につい案内してしまった事があった。とはいうものの実は人間をどうやって案内するのかどうすれば観光になってくれるのか、この年になっても私には判らない。当時も無論、近隣を観光させる方法などまったく知らなかった。しかし、……。

彼は土地にも人間にも関心があるタイプだった。この地に何回も来ていると言った。私と会ったあと、さらに市内の名所に回ると言い、一方私は駅前の喫茶店で打ち合わせを済ませて、スーパーで日用品を買って帰りたいとそれで数日に一度の外出を無事にすませ、翌日は熱が出るから家で寝ていたいとしか思っていなかった。しかし今までこの態度がどれ程の誤解を生んできたか。

有能な編集者ほど仕事の後、作家と一緒に遊ぶのが自分の義務だと思っている。でもそれは締め切りを終えてからゲラを持って外国行きの飛行機に乗るような作家相手の話。彼らはサッカーを直に観戦しテレビには自分が出ているという毎日。ところが自分はゲームもスポーツも虚脱して消耗して何もしないし、ルールとか絶対覚えることができない。その格差を見ていると自分はやはり作家には見えないかも、とつい思ってしまう。と同時に多くの難病の人の中でも孤独を感じている。

例えば私と同じ病気でも途中からふいに発症する人がいる。彼らはそれまで健康だったケースであり健康な人間の行動パターンで生きた蓄積がある。さらに発病後も可能な時はそれをまねられる。

他、早い発病でも家族と無事に暮らし、子供の頃からきちんと他人と交流出来てきた人物も健康な人間との交際可能である。もし体力がなくても、家族に車で迎えに来て貰ったりしてなんとかしのぐ。ところがもともと、……。

私はずっと人間と接触しない。人間というものを理解していない。基本人間のいるところでは何も出来ない。母親以外の人間に触れていない。しかも母親は私をいまいち好きではなかった。つまり猫に巡り合ってこその社会生活なのだ。

とはいうものの、ところで、猫は果して私を好きなのか？

とりあえず、猫は私に呆れない。というか要求が通らなかったり待ちかねたりしたら器量を忘れてすんばらしいあくびをするが、結局猫は自分にしか関心がなく、要求はものすごくとも例えば私をモラハラとかで責めたりはしない。さらに人間なら舐めている相手を搾取し侮辱するが、猫はただ安心して機嫌良くするだけだ。舐めるという時は舌で舐めるだけ。

そもそも私が風呂から出てくると今の猫はずっと手を舐めるけれど、それはただ自分のにおいを付けたいからである。前の猫もおりあらば舐めようとして大変だった。けれどそれは所有欲にすぎず支配欲はない。その他、私が疲れて熱を出すとどの猫も暖かいと喜んでくっつき何も気を使わない（最高）。

一方、人間に舐められるとひどい事になる。

あるセリフがずーっと今も私の頭の中に残っている。一度観光地の賑やかな昼間の街路で、車の中に引っ張り込まれようとした事があった。見えるところである。しかもタクシーを拾って、初対面挨拶なしで会って三秒。「中学生だろ」、「中学生だろ」と二十一歳で身長百六十五の私に相手は繰り返した。「中学生だろ」。さらに片手で引っ張って「おい、行こう」と、つまり、……。

中学生ならば性暴力で車の中に引き込んで強姦して殺せると相手は、思っているのである。しかし私は体は大きいのだ。にもかかわらずいい年なのに中学生、またはちょっと「認知が変」と思われる事が当時は多かった。むろん今さえもう中学生に見えずとも「殺せそうなのだ」。一方論争とかそういう、書く方ならば容赦ないタイプである。

だってカッサンドラーになるちょっと前なら、私はジェイソンと呼ばれていた。病的な集中力で反撃をするから。しかしそれ以外の時は虫けらのようで何も出来ない。道を歩いていると昔は「中学生」、今は「お母さん」、「お母さん、説明会来ませんか、プレゼント豪華ですよ」……。

とりあえず人間といる時、私は人間の側の空気がえぐれているかのような引っ込んだ姿勢になり、ずっと自分の親指の爪を人指し指の先で撫でつづけている。人間はその横で足を開き胸を張り、普通にしているとそれを私は侵略してくるかのように感じてしまう。というか電車で全部空席なのにいきなり隣に来る男性というもの、あれはただ女性の自由な空間というものが許せないのであろうか？　その一方、……。

猫はいつも私の側でちんまりしている。そしてやきかつおや甘海老を散らした猫缶、或いは食べても食べても満足出来ない真緑の大量の猫草の束などを欲っしているだけである。さらにそれを私が与えて食しおわっても、ふん、飯だけが目的だよ、とせせら笑ったりしない。猫はただもう、ただただ本懐を遂げて満足するだけだ（それを眺める幸福）。

ギドウ、……あの日、花畑の中をほんの少しつまり、疲れるまで歩いた。家に戻るための体力も温存しておかないとならなかったから、そこまでで我慢した。最後に帰り道で売っているキーマカレーを買った。――家に帰るとギドウさんは寝ていなくて、ただただ満足そうに、無事に帰ってきた私を見た。お勤めしていたとき私はギドウさんが無事かどうかと、心配するのは自分の方だけと思い込んでいたけれど、その時に彼もやはり、私が無事帰ってくるかどうか心配していたかもしれないという事に気づいた。

自分が死ぬ時はあのチューリップ畑から帰ってきてそして家に帰ると、ふと、全部の猫がいる、そういう事だと、ギドウを撫でながらその日納得した。とうとう、沼際から天に帰ろうと思い始めていた。それから（余計な事だが）例の編集者の事をも思い出して、やっと適切な対応というものに思い至った。つまりこう言えば良かったのだと。

「今の沼際には何もありません、なので今度いつか花祭りの時でも」。そういえば私は、家に帰れたはずと。

むろん花祭でなくても沼の側の売店には小さいサボの飾り物や、オランダの焼き菓子ならば並んでいるようだ。しかしそれだけではけして観光になり得ない。

当地は江戸時代蘭学で有名だった縁でオランダとの友好、交流が続いている。風車の名はリーフデ、そうそう編集者とそのリーフデの側に立って祭りの日に、あの売店でフルーツ牛乳でも一緒に飲めば良かった。だってオランダにもフルーツ牛乳はあるに違いない。フルーツ牛乳のようなチーズだってきっとあの店なら各種取り揃えだ（未確認だけど）。

ところで、……彼は今どの部署にいるんだろう。なんとなくいつのまにか来なくなったけれど、あるいは私、あれでびびられたのか？　つまりあの時のあの編集者には「沼が見たい」と言われたから、それで見せた……。

駅からタクシーに乗って「沼がみたいので」と、私は繰り返した。すると、運転手さんはなぜか風車を見せようとせず、いきなり広場ではない沼の辺に案内してくれた。暑くも寒くもない季節だった。丈高い枯れ草草の中に、私達は別におしっこをするわけでなく、しばし佇んだ。そして沼の際の土地をどう利用するかという会話を素早くして、「いやー、沼ですねー」と言って五分で帰ってきた。私は当時は沼の位置なんか知りもしなかった。或いはあの時の場所も歩いて帰れる至近だったかもしれなかった。本当に道も方角も判らないまま猫と沼際に暮らしていた。

幸福というのはもろいものだ。そんな事は判っている。しかし五月に入ってもギドウは元気だった。最後も、酸素ボックスは取り寄せたけれど、前日までAD缶を半分食べられた。最後は体を撫でたら本当にうっとりして機嫌よく喜んで、それでもう具合良くなったと思ってしまったらその一分後、……。

二日抱っこして亡骸の写真も撮ってしまった。骨は無論、モイラのだってあるのだからここにあるに決まっている。お供養も毎日で。

ギドウは若いころの一時は外に出られないのを不満と思っていたようだったが、老猫になってからは上機嫌の子で、よく食べてよく遊び、病気はあったけれど治療もうまくゆき、長生きしてくれた。で？

これで彼らに対する義務をすべて果たした、私の理性は一応そう思おうとした。だってひとり住まいで猫を飼って、猫より先に死んではならない、彼らに出来るだけ快適な生活を提供した上できちんと看取って、安心するべきなのだと。しかしさて、そうなると猫のために買った家に、猫にしか用がない私だけがすむ羽目になってしまい。

すると？　猫がいないということはどういうことなのか、……。

言葉が抜け落ちて無の感触だけがある。それは誰もいないという空洞であり自分の生命があるということさえ、凶器になってこちらを襲ってくる真空。私は泣かないし眠らないし立てなかった。胃は凍りつき息がどこから出ているのかも判らなくなっていた。言葉のない世界に皮膚を置いていた。

ギドウと別れてしまった最初の頃、下に火の燃える砂漠があって、真っ暗な崖を歩いていた。気がつくといつかそうなっていた。悲しい理由とかそんなものはない。いきなり地獄になっていて、蛍光灯の灯だけが寒々とある夜に、要するになにもかもなくなっている。横になってい る腕と肩に、「いない」という感触が忍び込んで、ただただ心臓をつぶしていく、いない、地獄、いない、地獄、こうなるとこの世には、最初から風光などない。

薄い蛍光灯の光の下にひとすじ水があって枯れた花が浮いている。胸が貫かれ全身が落ちていく。悲しんでいる私の姿を喜んで笑うものさえいない。睡眠薬を処方して医者から言われた言葉に、私は驚いた。唯物論なのか、……。

「そうですか、猫のために買った家にローンが残っていて、猫がいない、これはきついですねー」。まったく同じことを、やはり家族のために買った家のローンを払っている五十前の男性から指摘された。

然しそれでも次の猫を飼うことは出来ないと最低限の良心を保って最初は拒んでいた、猫はギドウで最後にしようと思っていたのである。特に二〇一三年に自分の症状が難病と判ったので。その当時はまだ心臓の心配をしていたのだ。ところがふとした事で心臓が大丈夫と判って同時に、突然死の可能性がまったくないのだと知って、だったら……。

5 猫活《ねこもとめ》

この家には窓が十七あるそのうち出窓は三つ。天窓小窓含めてどの窓もすべて猫のためのものだ。なので滅多に開けない。

ずっと猫がいた。だからこそ締め切っていた。外側のガラスなど、七年に一度も拭わない状態、加えて二〇一三年からは飼い主の難病に日光がよくないと判明してしまったため、模造の蔓草やらレースの遮光カーテン、紫外線防止フィルム等で窓の内側からもバリアをかけてしまった。が、そこまでしても基本、環境は変わらない。

少し日当たりは悪くなってしまったが、それでも一階の細長いリビングには奥まで朝日が入る。午後は二階に大量の西日が侵入して来る。これは春夏初秋まで明らかに体に悪く、仮眠の時の悪夢の原因にもなる。故にカーテンは真冬以外昼も締め切ってある。でもそれで「この子たち可哀相ね?」という事にはなっていない。自然、猫は出窓へ跳ね上がるしカーテンも頭突きで押し退けるから。

そもそこまでがっつかなくても彼らは一階にいれば朝日を浴びられるし、フェンスに出れば昔の下町のような縁側のひなたぼっこも出来る。二階のベランダにもネットが張ってあって、そこは昔、リビングに入れないドーラの専用スペースだった。

一階のような土や草はないが、日光も風も、破れ目からはごくまれにだが雀も入って来る。「姫と戦争と『庭の雀』」に私は、雀におおわらわの、ドーラを書いている。というかドーラが出てこないものはかなり少ない。

この伴侶の惚けが落ちついた時期、一度庭の青草をベランダに一抱え蒔いてみた事があった。しばらくして行くと老猫は素知らぬ顔でいつものベッドで、同じ姿勢で寝ていた。「これは連れださないとダメなのか」と思った。が、……。

猫の肉球と毛の間に、イノコヅチの実がずらりとくっついていた。するりと目をあいた。瞳はきらきらで寝返りすると、根っこごとの青草が背中の下からのぞいた。

しかしドーラはそれでも、私と一緒に行こうとかまた行こうとかそういう事はいわなくなっていた。というか若い猫ならばベランダにそのままいるのではないか。でもすぐに戻って来てしまいそればかりかそこに出てみた事自体も忘れていたかもしれない。というのも自分でくっつけて来た草の実を見て、「おやこれはなんですか」という顔をしていたから。

それでも幸福感だけは残っていたらしく、体の向きを変える時もその日は昔のようにころんころんっと勢いが戻っていた。

二〇一〇年の九月にドーラが死んだ時私は学んだ。老猫の場合死期が迫ると縄張りを諦めてしまう。ギドウもそうだった。ふたりともその前にギドウは庭、ドーラは居室のドアの前まで動いたのに、外の空気の前でふっ、と首を振って戻ってしまった。

ドーラの死後二階をギドウが使わなかったので、ベランダのネットは大破したまま放置されていた。通行人の目にカッコ悪いのはややまだが、もう全部鋏で切ってしまえばいいからと思いつつ忘れてしまった。しかしピジョンを迎えその縄張り意識や、匂い付け意識が強烈なのに気付き、ここを拡張してやったらどんなに喜ぶだろうと修復を頼んだ。

最初のフェンス工事の時はチラシを見て電話し適当に張ったのだ。そこは非常に安く受けてくれたし見事に長持ちするようにしていってくれたけれど、工事が遅れた。今回は十八年後、家を買ったところのリフォーム部門に頼んで、ネット張りのみだが十七万円。——いつもながら玄関の本の山の撤収や客用トイレスリッパを買いにいくだけで私は疲弊して、当日は熱と咳。

その数時間程は横になれないし、外出着を着て待機するしかない。その間に仕事も片付けるので病気で弱った筋肉は痙攣する程疲れた。運動や歩行と別の意味で静止も辛いものだ。

無事終わればまた、工事後のベランダに大量の金属粉が落ちていて心配になった。室内箒を下ろして延々と掃き、その後何度も見直して小さいきらきらも指先で取りのけた。その場で倒れて眠りそうだった。工事中はいろいろ質問したり意見を言ったりしてもみたが、毎度のこと私の話は通じないのでこれも参った。ピジョンは最初の二週間ほどだが、それは喜んだ。

毎日毎日、朝になると、絶叫ではない方の巨大なごきげん声で、「さあ、行きましょう」、にゃーん、にゃーん、ハッスル、お父さん、ハッスルと呼ぶ。老猫のはずなのに、逆まわしの水流のように階段をシュルルタタタ、トン、と登る。

レントゲンを見ても耳の軟骨の炎症ひとつにしても、もともと骨全体に何かあるのではと心配なのに、弾丸的筋肉質がそれを補っているのだろう、ハッスルが始まる。

ハッスルの時は窓から外を見ていてあるいは食事やトイレの後、ふいに走り出す。やおら爪研ぎに飛び乗ると長すぎる足をばっぱっと馬のように蹴上げて研ぎ終えるや跳躍。カレースパイスの匂いでハッスルになる時がカレーライスハッスル、私をお父さんと感じたときに喜んで誘ったり呼んだりしてなるのがお父さんハッスル。お父さん、お父さん、とピジョンは呼ぶ。

一メートル程なら机と出窓の間を跳んで渡り、タタタトンッ、タタタトンッ、でリビング一周、さらに昔親の家の物置から飛び出てきた野良のようにバンっと音を立て、老猫なのに高さ一メートル跳ぶ。しかし悲しいのは縦がそこまでである事。つまりモイラが始終登っていた本棚のてっぺんなど「すぐ行けそう」と自信満々の顔でいて、結局見上げるだけ。最初はよく、重い衝立にぶつかって押し退けたりしていたので目が悪いのかと思った。とはいえハッスルが来ると、……。

シニアにさえ見えない。しかも外見は日本猫のまま動きがベンガルとか、何か特別な種類に見える。しかし、——ここで厄介なのは私が一緒に嬉しそうに走らなくてはいけないという規則である。私が怠けるとピジョンは振り返って「なうう」と言い、後ろに控えていなければ捨てられたばかりのように絶叫を始める。ちなみに玩具はもう与えてない（興奮しすぎるから）。激しい運動は後で痛くなるのかもと最初は心配したが、ハッスルだけは生き甲斐らしくけろりとしている。

「お父さん、どこ、お父さん、ハッスルよ?」わおん、わおんわおん、わおん、わおんわおん……。

落ち着くひまがない悩み悲しむひまも。そこはあるいは、ドーラより「良い伴侶」かもしれないと思う。

つまり、ドーラより私を運動させてくれるから。——むろん、ドーラだってご飯を食べるときはずっと撫でてほしがったし夜中なども「あなた、ご飯ですよ」とたたき起こされ、相手させられた。私はどんなに眠くても必死で起き上がり、あの真夜中カリカリばりばり野郎の食事中をずっと褒めつづけ、撫で続けた。が、ピジョンはそれ以上だ。

殆ど二十四時間の接触と同行がなければ、絶叫を始める。すると前の「お父さん」は勤め人ではなかったのか、どうしていたのだろうかと不思議ではある。或いはこの猫、目はよく見えても方向や場所の感覚に何かあって不安故に同行を求めるのか。だったら私と同じような短所を抱えているのだろうか？　ていうか、……茶虎ってここまでなれなれしいものか？

だって今までの茶虎は野性がきつく、孤独が平気で自分の時間と満足な領域を持っていたから。

例えばモイラは普通に呼んでも来ない。出窓に終日入り込んでいた。ギドウはうるさくはあってもおおむねはフェンスに満足して転がりいつも雌たちを気にしていて、私の不在でパニクる事はなかった。ルウルウは狩りの女神だった。各々が外界と向かい合う世界を持っていた。

そうそう、そのルウルウの狩りと言えば、……庭のコニファーは一本しか育たなかったが一本だけのその木に生物が集まっていた。鳥や昆虫、他。地面にさえ夥しいトカゲが湧いて出て、季節になると殆ど糸くずのような生まれたての仔が、いつまでもそうめんのようにつるつる流れてきた。ルウルウは選んでことに大きいトカゲを次々と仕留めた。小鳥が来ると三匹で盛り上がった。

一方、それでは鯖白（雉白）と外界の関係はどうなのか——。

これは野性、というほどのものではなかった。二階のドーラは千葉で一度きりの雀を私に邪魔された。池袋にいた頃は自分の出窓からよく、竹藪のカラスに見入っていた。

ただ、雑司ヶ谷時代のこの「妻」は最初のころ、夜などひどく外に出たがった。しかしせっせと紐で遊んでやるうちに忘れてしまった。

マンションもこの家も引っ越し当初にドーラは一度ずつ脱走しかけている。つまり飼い主の慣れていないときが一番まずいのだ。マンションの時は隣のベランダに半身入っているのを引っ張りだし、家の窓からの時は隣家の屋根に飛び移ろうとしたので、危険だが尻尾を握ってこちらに引き寄せた。後者はわりと素直に戻ったので下半身付随とかにはならなかったが、しかし今思い出しても恐怖で叫んでしまう。でもどちらも本当に一度きりだ。

窓は閉めておく、猫は出窓を与えれば満足すると私は信じていた。どの猫も自分の領域があればそこに佇むのだと。

モイラだって一度脱走したけれど戻ってきてくれた。むろんそれでも突然死したのだからふいの別れだった。つまり、それ故可哀想だけれど外出はさせない。予想外のすれ違いや一瞬の油断で、起こることなど絶対防ぎたい。猫に謝るべきことはいくらでもあるが、ともかく生きていて欲しいから外に出さない。

虚栄も栄光も私はいらない。私はただ猫の心臓の音を無意識に聞き、その音が私に全てを与える。もし誰か人間がこの家にいても初期設定は同じ、ただ……。

それだとまるで猫の下僕のようだがしかしそこまでの境地には達していない。たまたまなのだ、自分の生命と縁あった猫達との生命が絡まりあってしまった。それは別に悪いものではないが、所詮、私のエゴでしかない。猫全体という博愛的な考えは私にはないのだ。勝手に言っている言葉だけれど私はフォイエルバッハ主義者なので（つまりマルクス主義者ではないという事。所有、宗教、肉体、言語を重要視しているので）。

まとめ？　前の猫との間にはドラマがあったからだ、以上。

まあ、ドーラやギドウだってとっつかまえただけと言えばそれまでなのだが、それでも前猫は自分から私を見つけ、飛び込んできた。縁が出来て情が湧き、巻き込まれ、離れがたくなり、とうとう共に生きる事が大前提となった。自分から来なくとも捕まった子猫達さえ、結局は全員、ギドウの子供。ところが、……。

ピジョンはけしてここに自分から飛び込んできたわけではない。私の申し込みにより猫シェルターから連れてこられたわけで、それ故にか要求は止まるところを知らない。私との関係は前猫達とのような盟友ではない。つまりはエゴとエゴのぶつかりあい。なおかつ新猫は外へ出たいという事だけではないようである。かつて室内のみだった都心猫が千葉の自然に幻惑されて外出を望む、というか、野性を持っていながら本猫がそれに慣れていない。自分の衝動に引きずり回されている。

今まで蓋をされていた境界の外をここに来て見せられ、不安になったのかも（晩年の惑い）。そう言えば来た当初からわおわお鳴き家のなかのドアや戸棚を全部開けさせて私に敵の不在を確認させていた。今でもふいに思い出して一から始める。

見えるところが知らないところであるという恐怖からなのか、見渡すかぎり自分の領地でないと嫌なピジョン。その結果、「領土を、もっと領土を」と望む事になる。

自分に持ち切れないはずのものを、外を、景色をピジョンは征服したい。こうして、……。

ベランダを当然の縄張りと認識し、飽きるまでに二週間、あとは思い出してたまに走るだけ、少しハッスル、その後匂い付け。なお、しかしそこにはどのようなささいな侵入もぜったい許さない。その上で、「一体化を、常に飼い主との一体化を」。

あとは全て敵　他の猫は侵入者、その程度がどんなにひどいか激烈かは後述する。

対人間はさらに強烈である。たとえ、どんなに可愛がり大切にしても、……。

猫シェルターの人々をおそらく自分のスタッフとしかピジョンは認識していなかった。最初はシェルターの代表を自分の専属、飼い主にしようとしたようだ。むろんそれは、失敗し、猫は引きこもった。この猫はひとりの人間にしか従わない、他はすべて召使、王族の猫なのだ。

それはシャム猫によくある習性だそうだ。さらに言えば、カレーのスパイスの匂いでハッスルするのもそうらしいのだと、それはある人から直接に聞いた。しかし、むろん本当かどうかは確認出来ない。

ピジョンのまったく日本猫的な体にはシャム猫の毛など一本も生えていない。しかし体型はあまりにも首が長く太く、足も長いのだ。声もひどくシャム的で小さい声ならば「ぅわおうぅわおう」とどことなく和音的で。目と目の間の離れ方さえ独特で、ここはシンガプーラという猫にそっくりであったり。

「この方は王様の猫のようです、王族みたいです」と猫を届けてくださったシェルターの代表がつくづく惜しむように、私に打ち明けた。人間には慣れているし、そんなに飼いにくい猫ではないはずだと。だけど、ただひとりの人を求めて、食を絶ち死のうとした、と。

「この方はご用命があまりにもしばしばで、ずっーと、私だけをお呼びになられまして」しかしシェルターはボランティアで、殆どが自費やカンパで運営されている。そもそもそこで奉仕する人々は七十四の猫のお世話ばかりではなく、地域全体の指導や外の猫の手術まで背負っているのである。その他には子猫の保護、里親探し、重病や体の不自由な猫の特別な介護もある。

写真でも実物の外見でもどうしても伝わらないかもしれないが、ピジョンは本当に王族のような猫である。ローマの休日の王女がアイスを舐めている時のように、さりげなく夢中で、自分からお高いミルク腎臓食のキドナを、きまぐれで熱心に舐めるピジョン（むろん箱で取り寄せるとたちまち飽きるのだ）。

photo & essay
Shono Yoriko

猫沼二十年

笙野頼子

沼際に越して二十年越えた。
家の中にいることがうれしくて向いている

猫のため買った家　今は一匹だけ

これはギドウ十八歳四ヵ月で

これはモイラ 心筋炎 五歳

ルウルウ 多発性膿疱腎 八歳

元猫のドーラ十七歳八ヵ月

東京ではこんもり肥っていた

千葉で落ち着いた　自然が好きだった

老いて癲癇になる　一夏浴室に閉じこもった

ドーラを送ったあと　ギドウと一緒に震災後の世界を暮らしていた。

私の難病とギドウの甲状腺　一時は嘆いたがすべて寛解した

ある日ギドウが死んだ　幸福すぎる暮らしがふいに終わった

猫シェルターから飼い主急逝の老猫を迎えた

その命名ピジョン　モイラの生まれ変わり　現在十六歳または十四歳

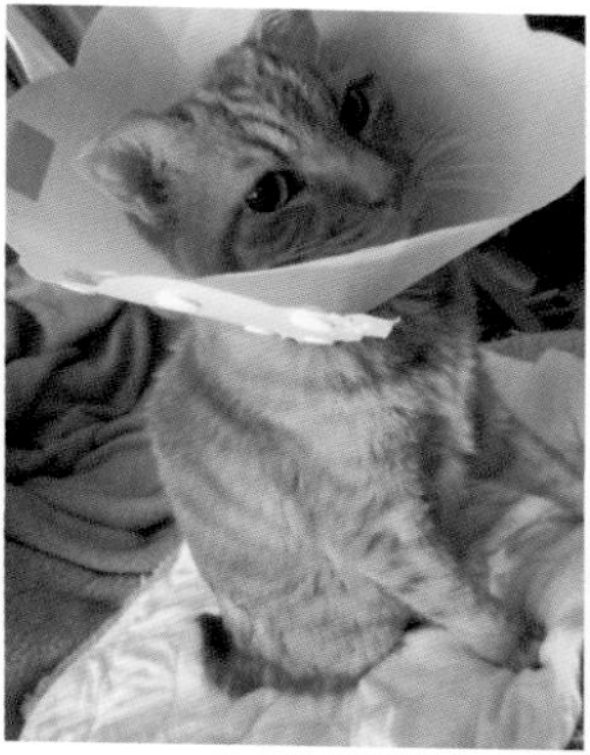

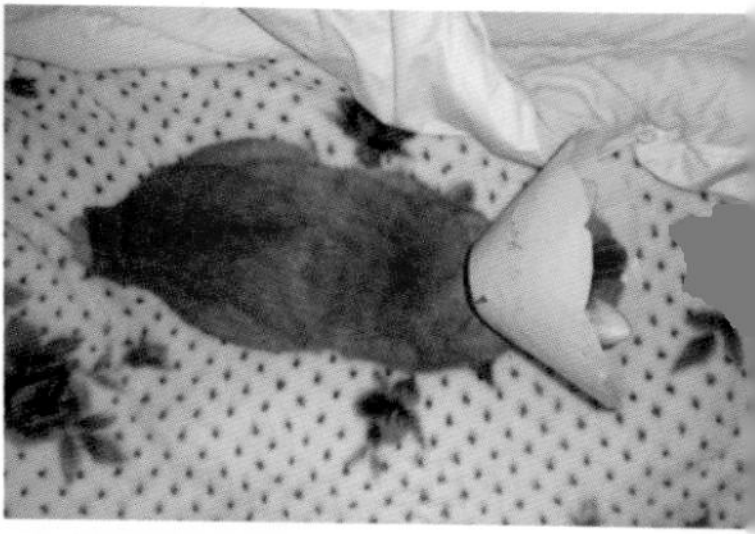

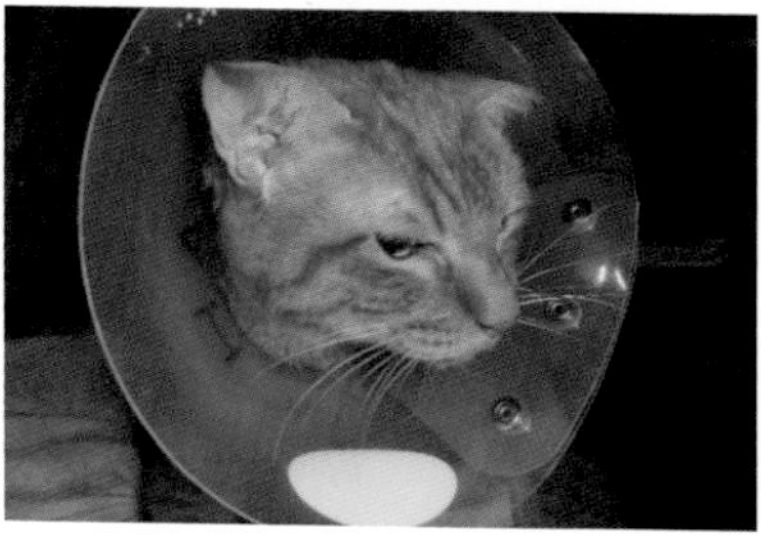

コロナ元年ピジョンはガンを切った　元気よく無事生還再発無し

今からまた一緒に夜を越えてゆく　ここは猫沼　約束の地

それでいて、私にはきさくな猫でいる。というか私の下にいる。「ほら、消毒するでしょ」と姫が兵士の傷に包帯を巻くように私の手を淡々と延々と舐め続ける。「他の臭い、駄目でしょ」。掃除好きのまめな奴、猫シェルターにおいては他猫のにおいを嫌い抜き、そのストレスで入院。

しかも小食とはいえ口が贅沢、きまぐれ、食べない、痩せていく。「すぐに飽きるんです、高級猫缶の汁だけを飲んで」、やはりシェルターでは負担しきれない。里親は一年募集したが結局見つからず、このままでは困る。そのためかフォスターペアレントの募集が掛かり、私はそれを見て、……。

6　猫再《ねこふたたび》

猫のいなくなった半年程の間も、結局私は窓を開けなかった。つまり、いない、という事がひとつの闇であり空虚だったから。そこには言葉も時間もなく、ただ読経と供養の区切りだけがあった。それは猫のために買った猫フェンスの家の、ローンがあと十三年続くという喪中。最初はむろん猫活などはしていなかった。喪失に気を取られ、人生が後悔ばかりになってしまっていた。難病の時も若い頃の没の時代もこんなに、ここまで落ち込んでいたことはない。要するに、……。

ギドウの場合、看病やみとりが割と穏やかだったせいか、長生きしてくれたせいか、心理的具体的にはあがきようがなかった。その分わけのわからない反応は凄まじく、なおかつ心身は勝手に立ち直った。とはいえその間は、神様や迷信に頼るしかなかった。

もともと私は神主の孫で我流の祀りをしていた。と言っても何も知らなくて、むろん祖父も私も無神論者である。それこそフォイエルバッハの神棚、「神などいない人間は自分の内側にある本人の本質を拝む（要約）」というやつである。御神体もありあわせのカジュアルなもの。十代の頃、熊野の海岸にて碁石用の石を拾う（要許可）方から話しかけられ、ふいに頂いた石ころ、現在はこれをホームセンターで買った荒神棚（千二百円）に放り込み拝んでいる。神と思えば神、つまり、石は死なないし。

祖父のいた神社は伊勢国式内社なのに私は彼から何も教えられず、今も様式はすべて目茶苦茶だし神道の言葉もまともに知らない。というかうるさい事をいうとこれは純粋の神道ではなく、荒神信仰というのは特にそうなのだが神道に仏教が混じっている。いわゆる神仏習合というものなのである。結局私に祖父から伝わったものは、いない神様を幻視して拝む力だった。彼は信仰なんかしないのに土俗は使った。「神はいない」しかし、「井戸を埋めたら駄目、理由？　地神さんが怒りはるからや」と。この地神というのも荒神以上に正体不明の神なのだが祖父は、それでうまくやってきた。「科学やら哲学やらは面白いけれど、だからって極端な事をしてはいかん」とも。

私にしても例えば、たまたま買った荒神棚なのにいろいろ調べたら、それを書斎に置くのも論争の成功を祈願するのも（私は作家だけど論争家でもある）、実は歴史的にどんぴしゃであった。つまり荒神というのはかつては、けして台所神限定ではなかったのだ。それは本質的に言語の神、託宣神が基本で他には（宗教論争の方だが）、普通に論争神でもあったという事だ。まあ私が荒神様に一番よく相談するのは猫の事だけれど。例えば寝かしつけるタイミングだとかステロイドの量など。

猫が死んだ時も、この神にいつも助けられた、ということはそれは所詮、フォイエルバッハ的な、「自助努力」である。例えばギドウを失って、すべてが止まったとき……。

まず、自分から墓に行く夢を見たのだった。場所は二階の寝室で西日の射すときについ仮眠していて、……いつの間にか黒塗りの車に乗せられていた、その前に抵抗した記憶もなく、いつしか車中の闇がふわっと鼻の穴から心臓に入り込んできた。胸がずぶずぶと痛く心はすべて恐怖、車は山の奥に行く坂道を登っていた。結果、私はそのまま墓穴に向かっていて、平気、というか無抵抗だった（そのまま土葬にされると決っているらしかった）。ところが――ふと気が付くと自分の隣には家の書斎に祭ってある一応屋敷神（と言ったって建て売りだけど）の猫神様が姿もなく座っていて、程なく、その彼はあまりにも自然に、……。

「あ、俺帰るわ嫌だから」と言った。身も蓋もないほどそれは勝手な言い方（つまり正解）でたちまち神はふっと車からおり、いなくなった。同時に私の目に、乗っていた車がそのまま墓のある坂道に空車で登っていくところとなぜか運転手の後頭部も映っていた。は？と思った。理由も何もなく、ただ「俺帰るわ」、「嫌だから」？　いいのかよそれでと激しく不安になった。すると、中空で声がした。「うんいいんだよ正解」と。そこで私は夢から醒めたのだ。

死にたい気持ちが外から見えた時にはすでにそこを抜けているのだなあと翌日急に思った。自分は神のいるところに一緒にいるしかないなあ、と。

寝室の窓に射す強すぎる西日が悪夢を連れてくる。いつもの事なのだが、猫が死ぬたびにそれは度を越した。危機があった。悪い夢に出てくる時、大体この二階で寝ていると現実の位置で窓の下が出てくる。ただ、その景色が変わっている、——大抵はそこに賽の河原があったり、異様な金ピカの輿が通ったり、つまりは死後の世界という設定になっている。しかしそれでも私はいつも徹夜仕事の後もそこで眠ってしまう。そもそもドーラといた部屋なのだし、難病の検査中に思い切って買った（三万九千円）気持ちのよいマットレスがここにしかおけないから。後、自分は適度の西日というものをけして嫌いではないから。危険ながらにこの西日の背後に神を感じてみたり。むろん、私の本音とか無意識とかそんな神にすぎないけど。というのも、……。

私は長年自分の体が痛いのにも気がつかなかったような人間で、そうやって自分の心の声を聞くしかなかったから。実際の喜怒哀楽や欲望まで、時に夢の中の声、神の御告げとして受け取るしかなかったから。神はいない、いないからこそ祈る。死後は信じないが生きている以上は死後を想定し、想像の中の死後の世界に配慮して生きる。そうしないと今の自分の生が痛む、腐る。

取り敢えず神に連れられて帰ってきた自分。だったら死んだ自分の猫もきっとなんとかしてこの生の世界に帰ってくるであろう、という完全な無理筋が発生ししかも、見事に信じられた。というかそんなの、生きていればなんとかなるさと思った、という意味にすぎないけれど。生まれ変わりなど、ない。それでもただ、猫は帰ってくる、帰ってくる、帰ってくる、だから出会うのだ、再び、と心が思う。なんとかなる、なんとか……。

生命は体の欲望であって自分では止められない。そこに理性はないけれど生きる理由がある。信じればまたいつか私は、猫と幸福に生きられるのだと、万が一でも幸福が来ると信じるだけである。いつもそうなのだ。

例えば自由貿易反対だってそのつもりでやってきた。「無駄な抵抗」というフレーズ自体が権力の罠であると知っているからだ。あがくのではなくて心が動くにまかせた。生きていようと思えば反対するしかないものとして。理性より覚悟、祈って動くしかない。

神とその他に頼れるものは、単身生活ではネットくらいである。これも嘘が多いのは判っている。そこは神と同じ状態だが、うちの神様はまず最初にこう言ってきた、「何も信じるな、俺も、ネットも、新聞も、テレビも」。

ちなみに私は神棚をもっている人間であるが、ただ、神社本庁に属している神社を今は拝まない、というのも賽銭の一部が極右団体などに献金されているという話だから。でもまあそんなの拝まなくても、何も困らない。だって家に自前の神様がいるのだから。

こうして、「墓からも生還した」後の私は、猫をなくした人のブログをつい見ていた。猫を亡くしたとか猫と別れたとかの検索をかけ、次々と読んだ。同じ時間をどう生きるべきか知りたかった。しかし自分が襲われている悲しみとブログのまっとうな文章がどうしても馴染まない。私のような悲しみは自分勝手すぎて世間の規範にあわない。

赤の他人にデータだけを求めてしまうのに私は気付いた。例えば、その子は何歳で死んだのか死ぬときはどうだったのか、最後何を喜んだか、事実として、……。

自分が猫にどうしてやれば良かったのかそればかりが気になって仕方なかった。同時に感じたのはペットの葬儀から来世にまで歴史的前例が少ないという難儀である。つまり人間の流用だけでは絶対に無理なのだ。人と人との関係とは違う。なおかつ、大切に献身してきた飼い主の悲しみの深さ、全責任を負う潔さや掛け値のない優しさに忍び込んでくる敵というものに気付いてしまった。それは飼い主の万能感である。

「大雪の夜に赤子で拾って、すべてを与えたかもしれないけど、でもあなたは神ではないから」。「命が尽きることそのものはどうしようもないよ、あなたに責任はない」、と私は画面に向かって言ってあげたくなった。頭が固まるほど悲しんではいけない。というか固まっている時期を抜けるための対策を、と。しかし、……。

落ちついて考えるとむろん自分にも少しそんなところがあった。ある時などルウルウについて「あああああ、あの時心臓レントゲンを撮っておけば」とずっと悩んでいて部屋を片づけていたら、記憶の間違いで、つまりレントゲン検査の結果が入った動物病院の封筒が出てきたことがあった。

ちなみに、生まれ代わった猫という存在も検索してみた。すると長い歳月家出していて帰ってきた猫という記事が出てきてしまった。似ていると思った。だって本当にその猫で、実際に本猫が帰ってきたかどうかは判らないのだから。人間ならともかく、猫の転生も奇跡の帰還も同じではないかと。

ともかく、当面はそもそも死なれて辛かった、ただそれだけ。要するにギドウを、……。

火葬場がいっぱいで二日間家に置いた。ネットでどうすれば良いか調べて、猫のお腹やあちこちにビニール袋に入れた氷を載せ、ずっと抱っこしていた。どうにもならないはずなのに、その時は深い一体感だけがあった。腐敗は判らなかったが最後一滴だけ鼻血が出てきた。

亡骸の写真はペット霊園の人が撮影してくれるし自分でも撮った。撮っていると生きているような或いは生き返るような気がして沢山撮った。しかしお骨になってしまうとどうしようもなかった。骨壺を安置し取り寄せておいた花や貰ったのも沢山飾り、その後はもうどう過ごしたらいいのか、真っ暗闇……。

言葉がない、というより心と体の区別も自分と外の区別も付かないままになってしまい、すべて止まった状態で取り敢えず供養だけが回っていた。他にする事もない。

家の熊野丹丹大神様（と自分で名付けた）猫神様の棚、夢ですぐギドウはその入り口に座っていた。ところが同時に里親に出したボニーが神棚から出てきてしまったので心配になった。（その後判ったのだがボニーはまったく元気で、そこからさらに二年近くも可愛がられて幸福に生きていた。二年後里親の方から手紙が来て、最後は腎不全だが家族に看取られてうとうとしつつ逝ったと。治療も看病もとてもよくして貰い、若猫で拾ったから正確な年齢は判らないのだが、医者のカルテによると通いはじめてから、十九年七ヵ月、雄の白雉としては大変な長寿だった。二十歳はほぼ、越えているはずだ。）

ギドウが十八になってモイラの命日の三月を越えたとき、私は安心して長寿猫のブログを読みふけっていた。それはギドウの参考になる事を探すためと、長寿猫の飼い主にあやかるためであった。しかし本当に手をかけて長生きした猫でも、結構我流で成功している人もいるし、あまりにものんきでただ運がいいだけだろと悔しいだけだったり、中にはそこまで延命させるのかとやや戸惑ってしまうようなものもあった。とはいえ、心からこの人達のようになりたいとは思った。ギドウの死後はそのブログをむろん見なかった。お気に入りに入っているのを見て心がさらに止まり、薄暗いなかに薄い水が流れている悲しみに覆われた。

死後はひたすら、適切な治療と看取りのデータを求めていた。自分の猫の医療は適切だっただろうか？　その流れの中で、……。

ドーラの時に果して延命があれで良かったのかとずっと気になっていた事の回答をたまたまみつけたり、ルウルウが結局先天性の稀な病気だったという記事に出くわしてその運命が理解出来たりした。無論、あの時ああしていたらというのはいくつもあった。しかしどちらも歳月を経ていたせいか、或いは重要なことがほぼ判ったせいか、それで少し気が落ちついた。ギドウにしてみても、後悔するべきと思った事がひとつひとつ、「解決」して行った。

ところでその後、ついでのように検索したのが自分の突然死の可能性である。珍しい病気であまりデータがない。ネットだからそのまま信用は出来ず、中には古くて役に立たないものも混じっている。プリントして専門医に見せて確認して貰った。

とはいえ猫もいないのに、自分の死が気になるというのは奇妙な話である。簡単に言えば、看取るものをみとった私は安心するべきなのだ。いつ死んでもいいはずだ。

ところが、家ががらんどうになってしまった後、逆に孤独死というものが目の前に現れた。つまり、いつか来るだけのこと、特に恐くもないその孤独死が、今死ぬのか、いつ死ぬのかという脅えに繋がったのだった。

けして死ぬのが怖いというのではなく、今すぐ突然死すると信じてしまう心境。さらに今思えば、というかピジョンのいるここから振り返れば、……。

落ち込みはすさまじいのに深刻なペットロスという感じではなかった気がする。ただ単にすべてが虚しいし上の空で動けない、そういう閉塞感だけが極端であった。

死ぬ恐怖というよりも死にたい自分への恐怖だったのかも。

当時の固まった痛みは今はもう思い出せないし触れることも出来ない、というか実は痛いと感じる皮膚さえ失っていた。なので……。

夢の中では誰かが「痛い、痛い、殺して、殺して」と呻いていた。自分の声の夢がそう言っていた。

五月の太陽は私を慰めない。難病で紫外線が体に悪いのだ。とはいうもののけして嫌いではない爽やかな風も明るい空さえも地獄に変ってただ怖い夜が来た。蛍光灯の光は冥土に思え、それでも夜の花の色がうっすらと暗い空気の中に染み出すと心が慰められた。つまり私は花から生命力を貰ったか、その姿に慰められたのだ。囲まれて眠っていると石が割れて転がったような心から自分の肉体が少し遠のいていた。というか自分の体だけがまだ固まった心の横にいて花をみているのだ（しかしそれに気がつくとまた崖から落ちる、そして薄い水の側にいて心が止まる）。

本来供えるべき白と黄色の組み合わせの花は怖くて、薄い緑、ピンクと白というような組合せを私は選び後先考えずに、特別の贈答に使う好きな花屋から毎週取り寄せた。浪費というより破産が平気の状態。すべての気合が破壊されていて、数を数えることも歩く事も何かを手で持つことも何も出来ない。このまま自然に自分も死ぬとしか思っていないけれど、突然死が来ると感じると毎秒毎秒きつい、悲しい。

ただ今から死んでいく自分になって家のなかにいる。すると猫の死は隠れ、自分の恐怖で世界が塞がれる。しかし、……。

それではなぜ死ぬように感ずるのかというとそれは今まで飼い主に死を感じさせなかった、生命の源、私の支えである猫が消えたからだ。とはいえある時、もし今死んだら論敵は喜ぶだろうとふと想像出来た。ならばこの苦痛を生きようと思えていた。ところがその再生には何の理由もない、それはただもうただただもう時間が経って、通常営業がもどってきただけなのだ。或いは家の神様が論争神だから、「神のお力で」というだけの理由である。むろん、それでもまだ立てなかった。

タクシーでスーパーへ御供えを買いに行き自分の食べ物は何も買わない。ドーラの時はまだしも、コンビニまで歩けた。お茶のボトルとお結びくらいは買ってきていた。思えばあの時はギドウがいた。なのにすべて失った時、ただ身心にいきなりかたまりと化した喪だけが出現した。

焼き場から帰ってきてしばらくはむしろ元気だったはずだ。初七日までは毎日お経を読むし、ギドウが生きているころに作って冷凍しておいたものならばカレーでもなんでも平気で食べられた。しかしそれらがなくなってしまう数日後位から駄目になって、お菓子を少し食べて横になって、すぐ七キロ痩せた。難病の定期検査で肝臓の数値が目茶滅茶悪くなった。普通食べなくて痩せてきたら特に肝臓などは良くなりそうなものと誤解していたので、二日間でクッキーを三枚、と医者さんに告げてみたら、そういうのが一番悪いと頭を抱えられた。その日、医者にローンの話をついついしていた。するとそれがきつい、と気付かされた。陽気になる植物性サプリメントの名をあげ使う相談をしたら医者が「そんなの聞いた事もないよ」と笑うのでやめて、睡眠導入剤を処方してもらった。

胃は縮んだまま、家の中で這うのさえ困難になってきた。というか向きを変えるとか手を伸ばして物を取るときに、自然と床に延びて這うのだがそのまま固まって動けなくなっている。肘とかが床にくっついたようになって一寸泳ぐ恰好。

悪霊払いのような感じで風呂は毎日入る。汚いままで供養しているとギドウの来世が悪くなるとか勝手に思い込み、必死で洗うのだ。でもシャワーを浴びて皮膚を擦ると、五分で出て来る。音楽が聞けないというのは当然、ボニーを貰ってくれた稲葉眞弓さんもその前猫「ミーたん」のペットロスにそう言っていた。

ある時やはり猫が死んだ、で検索していてふと、――猫のための涙は死後の世界にふりかかり猫が苦しみもだえる――とかいう「説教」カキコを発見、殺意を感じつつ、生まれ変わってくるギドウを待つという気持ちと、魂で永遠に傍に居て貰うという選択のうち、前者に目が行くようにいつしかなった。こうなるとベッドに這っていって横たわるのも休むためではなかった。

私はもう、生まれ変わりに出会う「その時」を待っていた。骨壺の前にずっと灯を付けて見張っていた。ギドウの魂を守る。決まった時間通りにお供えをしないとダメ、目覚まし時計を睨み、朝起きられるようにずっと握っている。しかしそうするとまた怖くて悲しい。

猫が死ぬたび私は何も記録しなくなってしまう。なのに今回は生まれ変わりの兆候と感じられる夢だけ、必死で記録する。

こうして睡眠導入剤は、三日も使わないで眠れるようになった。難病の薬も、義務というか習慣でまじめに飲んでいた。飲むのを止めれば死ぬ場合もあるのだから。

御供えは他の猫がもういないのでひたすら捨てていた。しかし誰も食べないのに一人前供えるのだ、つまりそのような異常事態に、四十九日という日にちが切ってあるわけだ。

今は喪で何もかもが違う空間にいるという事。そこを認識して落ちついて来た、それでもまだまだ何も考えられないし仕事は出来ない。というか灯明にしているのが仕事机の照明。ある日、……。

やがて見た夢の中で家に置いてある全部の骨壺が無くなっていた。猫は手元供養で墓を作っていない。なのに四個のペットキャリーを開けると何も入っていないそこで——目が醒めた。

その夢には、自分もいなかった。悲しみが引っこ抜かれしかしその後に、凄まじい虚脱と置き去り感が口を開けていた。毎週毎週怖いけれどそれでも何かが前に進んでゆく。四十九日目にまた一区切りがあった。土俗が体にしっかり刷り込まれているのか、或いは体の復活に会わせて土俗の日程が組まれているのか。

ギドウが三毛猫の雄に生まれ変わるという夢を見たのが三十五日目、さらに四十九日、家の裏側、西のフェンスの外側に、ギドウの子供のカノコそっくりの子猫が現れた。そのフェンスの外は良い場所になっていた。むろんお約束、典型的な南国のようなところ。

その夢の中では、カノコの忘れていた細部がそのまますべて生きているように目の前に迫った。実際、カノコは良い家族に非常に大切にされて、最高の治療を受けもう天国にいた。一方、ギドウの子供時代を私は知らない。野良の若猫で知り合ったから。むろんカノコと似ているに決まっているから持っている記憶を脳が使って、子猫に戻ったギドウを創出してくれたのだ。私のなかにいる、私だけの神が見せてくれる「幻」。

その他には、猫が死んだ後普段掛けない電話をやたら掛けていた。辛いので話していると言ってみると、相手は不思議に理解してくれた。


ここで、ついに外でも立てるようになってからの、ネットでまだピジョンを見てなかった頃の話をする。

駅前で帰りのバスに乗ろうとしていて、ふいに、帰ったら猫が待っているという狂気に私は捕らわれたのだ。しかしなぜまた一瞬でも、「家に待っている」と思ったのだろう、バス停で丁度バスが来てほっとしたとき、それは襲って来た。むろんたちまち我に帰り、いない、絶対にいない、と言い聞かせながらその一方ただ、まだ子猫のような茶白がドーラのいた布団にいて、私はバスに乗り、今からそこへ帰るのだと錯誤してしまっていた。さらに何十秒か前のその瞬間を再生しむさぼってしまった。なおかつ、……。

その「記憶の中」でああ「いい妻だなあ」と私は心に言った。ところが結局その時頭の中に浮かんだ画像というのは今思えば、やはり良い人に貰われもう十七歳になろうとしていたギドウの子供、フミ子だった。

フミ子は白茶虎で子猫達の最後の生き残りである。本当はもう老猫のはずなのにそれが私の頭の中だと子猫をそのまま引き延ばしたおとなになっていた。さらにその錯誤のままで私の伴侶猫になり、私の帰りを待っているという幻に変っていた。結局、夢や空想に現れるものは知っ、て、い、る、も、の、だ、け、だ。さらに、……。

そんな錯誤が消えた後もどこかに妻がいるという思い込みだけは残ってしまっていた。その上、入れ代わりのように今までで一番酷い感触の「地獄」が現れてきた。猫が死んだ時、立ち直りかけると、それはやって来る。つまりなかなか一度では元には生還出来ない時、そんな試練として出現する「地獄」である。

ちなみに、めいっぱいのかぎかっこなしの地獄とは一線を引いて今、「地獄」と記した。むろんそれでもそれは異様に恐ろしくあり得ないくらい寂しい世界である。

しかしこのカギカッコの方の「地獄」は前向きになって生きようとすると現れてくるものだ。死者を置いてでも前に進んでいくことが一種、自分の死だから出てくるのかもしれない。同時に罪悪感も湧いてくるもので、それは生きようとする自分がまだうしろめたいからだ。例えばドーラと暮らし始めた頃、……。

キャトをうしなって連れ帰ったドーラは飼い主依存性の腹出し猫だった。ドーラを連れてきて一緒に暮らし、冬から春になった、ある明るい午後、腹出しころころをやっているドーラの上に西日が射していた、すると私には「地獄」が感じられた。あの時私は随分立ち直りもう生きられると思い込んでいた。なのにその希望的な光景に油断した瞬間、……。

愕然として絶望して酷たらしくどうしようもない、「何か」、——そんな世界と隣合わせている自分を感じたのだ。

やっと取り戻した平穏な光景、それがマッチ売りの少女の最後の場面のように思えてきた。しかし冷静になってみればドーラはもうその時まさに、現実にそこにいた。ただそれでもその背後にある過去の、前の猫はけして消えていなくてそれ故、私の悲しみは現実の猫を薄く透明にしようとして戻ってきてしまった。すると、——温かくぽっと灯った新しいその生命の後ろで誰かが泣いていると私は感じていた。或いは本来そこにいるべき自分が罰せられて死んで、落ちていく先を見た。

でもそれでもこうして自分に言い聞かせるしかなかったのだ。

あの時も「地獄」は見えた。しかしそれはカギカッコを付けるしかないほどに弱まったものだった。要するになんとかして地獄の外に出たということなのだ。あの時の私は自分を客観化する事に成功して立っていた。

そんな「地獄」を感じながら、家に帰ったら骨壺があった。読経の時間をもう少し遅らせても良いと私は感じていた。だってギドウは三毛猫の雄に生まれ変わるのだからもう決定だから、と。

ただその一方、それならどうして「家で待っている茶白」が「良い妻」なのだろうとも訝しんだ。なにしろそもそも、生まれ変ったギドウは三毛でしかも雄という設定である。

だってその時点、もし、めったにいない三毛猫の雄を自分で拾えたとしたら、それはギドウの生まれ変わりである、というストーリーを私は頭のなかで固めてしまっていたから。何万匹に一匹しか生まれない滅多にないもの、会えばそれは不可能が可能になったという意味。同時にまたその「有り得ない事」は転生という「さらに有り得ない事」を可能にしてくれる。「泣かないで、また会える」、「しかしたった一匹の君をどうして見分けようか、この広い世の中で」、「大丈夫、珍しいものになって戻るから」。「おお、これはお告げ通りまさに我が宝の転生」、——三毛雄の希少性が、生まれ変わりの可能という意識の混濁を連れてくるのである。

でも、……どうしたら会えるのか？　それは或いは、ただ待ちつづければいいという意味だろうか？　三毛雄は短命というけれど、生まれてきたらともかく、しばらくでも生きている、ならばどこかで会うことを期待して私も生きればいい。つまり珍しい特徴があるのだから会えば判る。

ところが、——「良い妻」になったフミ子をみてしばらくしてから、そんな夢の解釈が真逆に変わるようになった。会えないから、とギドウは告げたのだと私は思うようになってしまっていた。

というのもそれ以前ならば、ギドウが胎児になり兄弟と並んで乳を飲むところまで私は克明に夢でみていたのだ、鈍い、大便のような金色の光になって、幽冥定まらず母猫（この毛色は若すぎる白三毛）の体を出入りする様子、生まれて錆や茶虎と押しのけあいながら、「食」を争うところ。ところが、……。

しかし「待っている茶白」のイメージを得て以来、そこから先の夢を見る事が出来なくなった。私は夢日記を二十年付けた事のある人間である。しかしまずモイラの死に会ってから自分の記録を残せなくなった時期がある。さらに次々と猫が死ぬたびに夢も現実も家計簿もサボるようになり、ギドウの死からは必要なメモが取れないので食べたものから買ったもの、書いた原稿までデジカメで撮っていた。しかしギドウの死後でも生まれ変わりの夢だけは真面目に書いていた。忘れることはない、なのにもう見ない……。

「ギドウが今母親の胎内にいる」、だとか、けして本気でそう信じているわけではない。でもいちいち手書きで残す。

予知能力とかそういうものは絶対にないけれどただ時々私的な事で勘があたったり、それで猫の世話とか人に聞いても判らないことは夢を参考にすることもあった。というか猫の死期でも自分の意識でも自覚的には判らないのに夢で判っていたりする場合があった。

こうしてとうとう四十九日越えたときに夢の意味するものを完全に真逆に取るようになっていた。

会えないから、元気でいるけれど、何万匹かに一匹だから、似た猫がいてもそいつとは違うから、なので探さなくてもいい、それに三毛猫の雄ならどこにいても大切にされるから安心してね、そういう意味なのだ。

そもそも三毛猫の雄というのは自分で拾わぬかぎり私のようなものの手には入らない。もし買うのなら家を売らなければならないほど高価なはずである。

ギドウには会えない。でも無事に幸福に生まれ変わったと思おう。ならばそれで自分はどうするつもりなのか、……。

十七歳になっているフミ子の姿を錯覚で私はいると信じたのだ。おそらく老猫を貰おうとその時の私は思い始めたのだろう。

生きるために猫を迎えようとした。しかし、それと同時に考えるべき事があった。それは迎えてはいけない場合についてである。

私は単身高齢難病だし収入の不安定な職業であるし。何よりも子猫を貰ってはいけない。猫は二十年以上も生きることがある。八十越えて世話がきちんと出来るか、というか飼い主が先死んだら、……。

その上で自分の病気の突然死のパターン、これはたまたま見つけた。医者に資料を見せて検討してもらい私がそのパターンから完全に外れていることを確認した。その後で心臓検査も、精査して貰った。この検査は今まで何度も結果が出せぬまま、失敗していたのだがどういうわけかその年はうまくいった。心臓だけなら九十まで生きられると判った。後は突然死というと高血圧だろうが、実は私は、……。

血圧だけは本当に大丈夫、相当肥満しているのに肝臓が少々悪いだけである。ただリウマチが半生ずっと痛かったから、その分は寿命が短いはずと思っている。しかし本当にそれでも万が一私が死んでしまったら？

毎日シャッターの開け閉めをしているのでうるさい土地柄だし二日で気付くだろう。自分は旅行も何もしないということを町内会に言っておけばいい。むろん入ってはいなくても古紙回収は出してあげているし、街灯の電気代も二千円払っている。

合鍵は大事な編集者に預けてある。番号は弟に教えてある。それでまだ何か心配ならセコムとかそういうものを家に取り付ければなんとかなる。

子猫は無理でも十歳の雄なら七、八年飼えるかもと考えはじめていた。一方、雌は特に三毛は普通に二十歳越えるから私が先死ぬといけないと思う。

　セコムには一日トイレなどを使わなければ、合鍵で警備員がかけつけてくれるものがあると判った。しかしそれでも例えば私がガンなどになって死ぬと判ったときに、行き場所をどうするのか。やはり猫の帰り先がないと困る。保健所から貰えばすぐくれるだろうが、……。

　だがそれだとその猫の実家がない。

　長く続いているちゃんとした猫シェルターから老猫を迎えよう。例えば私がガンで死ぬと判ったらまとまったお金を渡してそこに戻せばいい。ピジョンについては実際にそういう書類（二十万円）に判を押してある。この契約によればどのように親しい友達、親戚がこの猫を引き取ろうとしてもまず最初にシェルターに帰さなくてはならないのだ。なおかつもし私が猫に冷たくしたり、そのような疑いを持たれただけでも帰しますと書いて、実印を押した。

　ギドウが死んでから百六十四日目、ピジョンは家に来た。しかしそこまでに何段階を経たか？　というか、最初それは、ただのもやもやした空想にすぎなかったのだ。

7 猫生《うまれかわった》

ネットでピジョンを見ていても貰う能力が無かった。

機械に弱いというだけではなく、知らない人間との交渉が出来ない。

決心してメールを打つ直前までまさか貰えるとは思ってなかった。どうせ私などには授けてくれないだろうと。

そもそも少しばかり立ち直っても歩けるようになっても、心は石灰のようで、猫を貰う気力も消え失せていた。というかこれで大丈夫といざ動こうとするとまた、へばるのである。しかし、老猫を貰う、という考えが脳内にはらりと落ちてきたとき、確かに少くとも、沼際が不毛な地獄とは感じなくなっていた。とはいえそれは「老猫」という名の、一本の補助線が引かれただけの世界なのだ。気が付くとほんの少し前、崖の上に燃えていた恐ろしい火はもう灰になっているし、蛍光灯の下を流れていた薄い水さえ既に乾いていた。年取ってからも猫を飼いたいという老人が老猫を貰うと聞いたことはあった。が、そもそもどこから貰うのかその結果はどうなのか、何もしらなかった。だって一体老猫は貰われて嬉しいのか？　そここそが重要で判らなくもあった。確かに、――ずっと路上に居てついに倒れた老猫がシェルターに保護されたら幸福であろう。自由もへちまも、そのまま道に居れば死ぬだけなのだ。その上でさらに猫シェルターから一般家庭に貰われれば、愛情も何もかもひとり占めで、幸福になる確率は一層高いだろう。しかし結局それは一般論である。つまり具体例はどうか。私ごときのところに来て、はたして本当に猫の生活が向上するものか？　その上に猫の心も満たされたと言えるようになるのか？　うちに来て良かった、楽しかったと思う猫がいるだろうか。

むろん最初は空想にすがり付いているだけだと自分でも思っていた。つまり、……。

猫を貰うにしろ何にしろなのだが、健康な人間のごく普通に出来ることが私には出来ない。常識も根気も人並み以下。ただ、いつからか、小説を書いてお金をもらえるようになった。さらにそこから先は、基本意地悪な環境や不運に囲まれて暮らして来たという意識はあっても、結局はぎりぎり、いつも何かから助けられてきた。その多くは親切な誰かであり、時には自分自身でした判断、配慮、祈り等の「神様」であった。そのお陰で、貧乏や不遇をなんとか越えられた。とはいえ、結局は辛うじて生き延びただけだ。そんな中出来ないはずの長きに渡る論争をしたり猫を拾って家を買ったり、国会前抗議に行ったりしてはいるものの。

要するにいつもは体も動かないから、ただ家に引っ込んでいる。家のなかでさえ立ち上がるときには用を纏めている。真冬などは二メートル歩くのにも「捨てるゴミと流しに移す食器とリサイクルする包装紙」など両手ばかりか脇の下にまではさんで持っている。けして物臭なのではない。寒いと具合悪くなるのである。しかし猫のためなら動く。ただ、ずっと痛いので、――動くのは筆だけ、係わるのは猫だけ。

ギドウのあとを飼わないという心中立ては途中まで本心だった。でもあまりにも辛い。もし猫がやってきてまた隠れ里の幸福が蘇ったら、と考えてみるしかなくなったのだった。

動物病院に行けば縁談はあるだろうと最初思い付いた。しかし子猫ならともかく老猫は滅多に出ていないはず、とも思い込んでいた。ところが後から気が付くとそうでもなかった。

ピジョンを貰ってから病院に連れていったらそこの掲示板に、写真付きの募集が二件もあった。二件とも兄弟または姉妹の老猫である。仲の良い子達で子猫からずっと過ごしてきた、出来れば一緒にと希望されていた。年はピジョンより少し上である。

おそらくこのような募集の場合は動物病院が間に入ってくれるから、応募者同士の人となりも飼い方もある程度判るのだろうな、とおそまきながら思った。が、しかし既にピジョンは完全に自分の猫であって、その他の猫というのはまったく別の生き物にしか見えなくなっていた。それに、個人の愛護家なら、やはり私を見てうさん臭いと感じて断るのではないか。

ところでそれではピジョンを授けてくれたＮＰＯ団体はどうなのか？　彼女らは私という単身高齢者にピジョンを渡す行為を、英断、と思っていたに決っている。ちなみに私は、一律の対応で機械的に合格したというわけではないはずなので。

多分この人はこの猫を飼えると、相手方は体験から判断したのである。それは相性というよりやはり個別の運命のようなもの、そうと決心して猫を連れてきて、その日連れ帰らなかった人の事を私はここでは猫の女神と呼ぶことにする。

なお、この団体では飼うかどうか決めるまでに二週間のトライアル期間がある。そして飼い主は貰いにいくのではない。環境や飼い方をも確認するために、団体の代表が里親の家まで届けるのだ。猫トイレをどこに置くかまで家に入って見ていく。

団体は環境や人物をとっさにその場で判断しこいつはダメと思ったら置いていかない。連れて帰ってしまう。ところがピジョンは家にちゃんと置いていかれた。

遠隔地から連れて来た猫をそのまま連れ帰るというと事情を知らない人々は激烈な我が儘なと思うかもしれない。が、……。

実を言うと一番恐ろしいのは殺すために貰う快楽殺猫の犯罪者なのだ（案外にいるようだ）。彼らは性犯罪者と同じでまず治らない。常習で中毒者、にもかかわらず悪人に見えない人物も居る。男性単身者が報道されるのが多いが、時には女性や家族連れまでも存在する。しかも様々に工夫して良い人に見せかける。ひどいのになるとペットロスまで演じ、猫愛のストーリーを引き下げて貰えるところならどこにでもと、あちこちの団体に出没する。犯罪で顔が割れると整形するし、整形すると善人の顔付きになっている。

ネットというのがそもそも全体に危険なものと私は知っている。私は疑われる事が多いけれど逆に、疑う方もすごい。そうやって時にあちこちと衝突しながらでも危険な郊外のひとり暮らしを生き延びてきた。

そんな中たまたま大きいＮＰＯをネットで見つけ、何十回もそこのブログを読みさらにたまたまその近くに住む人に話を聞けた。私はなんでも疑う。但し猫シェルターの方が私を疑う事も当然と思う。そもそも自分が里親を探すときも、結局知り合いにしか渡さなかった。だって人間は猫の事で嘘をつくものだから。

ピジョンのいたところはネットでも評判がよく、批判と言ったってたった一件、「カンパした猫さんに会わせてくれない」という軽い愚痴がひとつあっただけであった。言っている方も本当に良い人物でその気持ちは判るけれど、ブログによれば非常に忙しい、こちらもご飯やカンパのお礼以外最初はメールもなかった。しかし代表は近隣にも里親にも信用があり、七十匹の猫の母親と言われていた。

と書くとすんなり決ったようだがそんな事はない。最初のうちはパソコンを開けて里親サイトまで辿り着くことにもためらったりした。やがていつのまにか——里親、茶虎、老猫として何度も検索するようになった。

　そんな中いつしか里親募集のある全国的サイトからピジョンだけが気になるようになった。しかしよく見ると募集期間が終っているのである。そこでその後リンクが張ってある団体のブログに辿り着いて毎日見た。すると日々、心配事が増えていった。というと愛情深い人のようだが特にそうでもない、自分は猫のために貰うのではなかった。ただもう自分の必要で求めただけである。

　件のブログに手と膝しか出てこないボランティア達は穏健で愛情深く、様々な表現で募集を掛けていた。例えば「猫本人のアピール」等を、むろん人間が書いたりしてキャラを伝えてきた。ピジョンはドン・キホーテ的な爺猫になっていた。といっても別にドルシネア姫猫がそこにいるとかではなく、食と仕官についての望み（西洋の城とブドウ畑が必要）を述べて別れた主を懐かしむのだ。思い出すのはただ主と囲む楽しい食卓。——ギドウの子供達が美食で健啖、かつサムライ的であった事を私は思い出した。すると里親の他に費用だけを送るフォスターペアレントも可、とあるのにふと気付いた。茶虎よ、茶虎、しかし、（そこで私の考えはまたしてもふと止った）……。

　そもそも、今思えば、茶虎をなくしたから茶虎を貰うという私は変なのかもしれなかった。

例えば、以前子猫を里親に出そうとしていた時、結局こっちから断ってしまったのだけれど、前の猫を思い出すと嫌なので違う毛色を、と相手は言っていた。なのに私はただ今台所の光景を元に戻したいとしか思っていなかった。要するにギドウがいないという事を判らなくしたかった。茶色い猫がいればその姿にギドウを見る事が出来るという発想、というか、人に慣れない懐かない老猫に台所に隠れていてもらえばいいと、猫はそこで好きなように過ごせばよい、と考えていた。老猫ならそんなに荒したり壊したりもしないだろうし、高いところにも登らないし、と。

一日に何回かご飯を置いておく、カーテンがこそと動く、食べてあるだけだ。バタンと音がする、トイレを片づける、使ってあるだけだ。古い紙が破ってある。昔、ギドウがした？

モイラの死後半年、モイラしかしないはずの小さい小さい糞が、脱水脱臭砂を敷いた猫トイレの底に、乾ききって落ちていた。形見だと思った。しばらくして気付いた。ギドウがたまま便秘していたのだ。

望んだのは元の時間と間違える同じ光景、続いてゆく飼育係、嘘でも幻でも戻ったと思いたい。一階に三匹の茶虎がいた時、ただ三匹なのに、そこを茶虎帝国と私は感じていた。しかしとうとうみんないなくなってしまった。

すべて失った、全部失敗だったと感じている廃墟である日ふと目覚める。するとスリガラスのように曇った視野のなかに一瞬、茶色の姿が過り栄光の影が射す。「お前誰？　ギドウの、従兄弟なの？」と。

同じ時間が流れているふりをしないとそうしてローンを払っていくのでないと、いくら気持ちをしっかり持とうとしても死んでしまう。というか、……。

それなら家を売ればいいのだが、売って引っ越す能力と体力がないのである。森茉莉はいらないものを売り飛ばす生活力も気力もちゃんと持っていた。引っ越しもうまくやった。というか彼女には思えば息子がいた。一方私はずっと単身な上、不用品をアマゾンで売るだけのパソコン力がない。

家の中がたてもよこも空っぽで猫がいない。自分というものも「ない」。

既にぼやけている視界の中に、前の猫の影のようにただ茶虎がいれば生きられるだろうと思ってみた。しかしその後どうするのか、それはまだ考えなくてもいい。ただその貰った猫を絶対に責任もって看取る事だけは大切である。ここ数年なら確実に医療費の責任も持てると算段した。

ギドウの死で目茶苦茶になってしまった経済観念や壊滅する労働意欲を電卓を叩きながら取り戻そうとした。ささやかな数字に埋もれていると心の凍結はその儘でも時間が過ぎてくれる。さらに、ここは猫のために良い環境だそれに体ひとつで来て貰うだけですぐ生活できる、と思い込もうとした。いい飼い主幻想？　幸福にして「やれる」と。

老猫と数年過ごしたとする無論看取るはずである。しかしその後はというと一体どうなるのか？　ともかく今景色が戻ればとりあえずこの虚しさは軽減する。その数年は立派に私の人生の中核となる。自分のエゴによって選んだ猫とともに、自分のエゴを生きる数年間。

猫のために飼った家のローン、という言葉で、自分を理解出来た。まるっきりの猫好きとは違うのかもしれなかった。

ところで、他の子を迎えては死んだギドウに可哀相という感覚は？　その時なかった。というかギドウに済まないので貰わないという意識が大前提にあって、かりそめの救いとして貰うことを考えているだけだという言い訳があった。

その上、ギドウの代わりとか生まれ変わりとして、相手を見る事が可哀相という、対人間のような感覚もなかった。私がどう思おうが猫というものは自分自身が唯一絶対でこっちの思惑なんか何も気にしない、そこが猫の強さだそのままにがんがん押してこいよ、そんなのはあたり前だろう？　と思ってみていた。それにギドウは盟友だった。後継は違う。生命を生きるただのエゴとして、私のエゴのところに来てくれる世界一の猫、ではあるが、……しかし別に私を識別する義務もないし、私ごときを好きになる必要もない。

とはいうものの、それでもともかくはギドウの後継である。なので、ギランという名前にしようと決定した。出典は無論森茉莉、恋人たちの森と枯れ葉の寝床である。ギドウ、ギラン、この二人は設定もそっくりの主人公である。こうして名前が出来ると、後継のギランはもう脳内に誕生していた。ギランはどこかに生きていてここにやって来る。私は希望を持った。盟友の後継、少しは似ていてほしいせめて茶虎を。

しばらくすると、猫神様が私の夢枕に立つようになった。大丈夫、生きられるから、と。私が絶望したとき彼は沈黙し夢にも出てこなくなる。要するに私は生き返りつつあった。

今思えばひとつ大変良かったことがある。選べる自由のなかから選び抜いて決めた猫ではないという事、それがむしろ後になって縁を感じさせた。要するにまず（その時たまたまとはいえ）茶虎が少なかった。

他に茶虎が出ていなくて、少ないなかからふと気を引かれた。気がついたらひたすらな心配の対象になっていた。その上でもうひとつ、私の勝手な思い込み、ピジョンが以前いたマンションの近くの猫だったと誤認したのである。池袋雑司ヶ谷、それならギドウの遠縁かもしれないとまで。だって後継なのだからそれが一番だと。

クリック、クリック、おや、茶虎はたったこれだけ？　いても子猫、いても、……。

本当に数匹、ひとり目は遠隔地、ふたり目はあまりに穏やかな良い猫すぎて、とても家に来る墓地野良系の後継には思えない。次の子は美人だけどどうみても純血種のハーフにしか見えない、というかすごくいいのになぜか目が吸いついて行かない、なんというかよその子、こっち見てない子、そこで、もっと心を開いて、と自分に言い聞かせながら、何度も見ているうち、知っている地名がいきなり目に飛び込んで、……。

こうして、ピジョンに会った。

8 猫再《うちのこです》

全国規模の検索上位のサイトでもたまたまなのか、本当にその時期老猫の茶虎は少なかった。サイトで見かけた時、むろん、当然雄だと思っていた。というかはっきり、雄と書いてあった。推定十歳、……。

第一印象は、ギドウにここまで似ていない猫も珍しいというもの。逆に目を引く。

ギドウは顔が縦長で大きくとんがった耳の間は狭く、いつもカメラ目線、顎のかみ合わせがきれいでダンディ、印象鋭いのにひとなつこい星の瞳、あえて欠点をいうと少し額が出ている……。

ところがピジョンは顔が横に長く、むっくりした印象でその時の写真は目が小さく見えた、平凡でおとなしそう、というか誰に似ているかというとリラックマである。もっというとそのリラックマのキイロイトリである。大きい鼻膨れたほほ、顔の下はんぶんがたっぷりと垂れ、耳と耳のあいだが猫にしては開き、それは山道のドブの中でイカ耳をして、必死で隠れようとしている誇り高き雄猫のでかい頭のようだ。長く持ち上がったその頭のラインが妙に獰猛そう、しかし一方その割に眠そうな退屈そうな緩んだ瞼は、あまりに無気力でさらに覇気のない視線、とはいうものの、……。

その瞳は小さいなりに大変美しい緑色である。老猫の瞳はむろん、加齢が原因で緑が勝っている。しかし老いに濁った印象は何もなく素直そうで円ら、さらに茶虎以外でギドウとの唯一の共通点はその瞳の星。とはいうものの、幅広く大きいもっこりした鼻頭、その上へ均等に距離を置いて散る茶色いホクロというのが、どうも気にかかる。というか全体に年の割に何も染まっていない、幼すぎる印象。

つまりギドウは路上であらゆる苦労をして、若猫の頃からボスも経験し、猫の雄にはたまにいるけれど子育てもやって、病院での「幽閉生活」にも耐えてくれて（外にいると殺されるので）、千葉に来てからは逆に子供に戻った。しかしピジョンには何かそういう経緯が感じられない。というか、他の老猫にある陰影が何もないようだ。が、……。

思えばこれこそがこの猫の個性だったのだ。それは強烈なエゴのかもし出す独特の若さ、王族特有の高貴な単純さ。「老猫なのに強烈な方です、若々しくて、大変お丈夫です」、と思えば訪問時に猫の女神は言った。気品がある特別に高貴なのだと。

その募集サイトには大きい顔写真の他にスナップ風写真もあり、しかしこれもやはり実につまらなさそうな眠そうな顔つきの猫であった。え？と思ったのはどうも手が長い事、しかも前方に片手だけ出していて、住んでいるケージ（開けてあって出られる）からはみ出そうに長い。そもそも顔の位置と手の位置がはたしてこれでいいのか？　しかもなぜこんなしがみつくように片手を出しているのだ？　体がどこか痛いのか？　或いはバランスが不安定なのかと、なぜかまず心配になっていた。

家に来てから一年程経ったとき、気がついたらいつのまにかこの片手を前にするポーズが激減していた。普通に香箱を作るようになっていた。

最近は猫用毛布を捲るとたまに両手を前に出して寝ていることがあり「おお、珍しく両手だね」と声を掛ける。しかし今は殆ど香箱である。

ちなみにこの不満顔も本当に単調というか純粋であった。顔写真と同じにスナップも耳と耳との間が広く頭がもっこりしていて、その盛り上がりが獰猛というより傲慢に見えてきた。お館様とお呼びしています、と会ったときに猫の女神は微笑んでいて。本当にそうだった。しかしその時はそんな風には受けとめていなかった。

たとえ似ていなくてもギドウの後継、やはりギランという名にしなくてはとだけ。というと最初から一本槍のようだが、たった一瞬でも、他の候補はあった。

一度下の方の検索に「お勧め」でアビシニアの里親がいくつも出た。というか検索だと別の毛色の猫が出てくる場合まである。また私の方に、茶色であれば別に虎でなくともという考えもあった、つまり茶虎不足なので白茶虎でもと。例えば完全茶虎のギドウの子猫が全員白茶虎だった。そしてアビシニアも茶色ではある。ただ、なぜ純血種がと?

それは実はブリーダー崩壊の募集であった。恐怖の事実というものを次々と見せられた。純血種の中に、耳の折れた珍しい種類などに特に、障害のある猫が随分いる。これが健康に生まれたら高価に売買され、売れ残ったらバーゲンあるいは動物実験などに安く売られる。売れねば、……殺される。要するに最初から商品として生まれてくる。というか母猫がひどい環境で産まされている事実がある。糞の山とともに狭いケージに押し込められ、帝王切開など繰り返されるそうで、腰の抜けている血統書付きの雌が母親だという。そんな中に、……。

拾った直後のルウルウそっくりの印象で、耳も失っている元繁殖猫の雌がいた。運良く貰い手があったようだが、その時にふと、生まれ変わりという事をつい、また意識した。あまりに似ているので心臓にひびきそうだった。さらにそのブリーダー崩壊の中には、片目で生まれた素晴らしいスタイルのアビシニアがいた。これもまた生まれ変わったルウルウの子猫なのか?

その子猫は不思議とチャンピオンキャットのように完璧な体形であり、おとなより逞しく、運動能力の画像もすぐれたものだった。目は手術で開く可能性があると書かれていた。

しかしリウマチの私は高いところには登れない。安全に保護しておくにも投薬するにしても、医者へ引っ張っていくのにも、――あまり元気ですばしこい猫は困るのである。というかそれ以前に、子猫だと私が先に死んだり惚けたりしてしまう恐れがある。

ただ、ギランという名前はまさにこういう猫の名前だなあとふと思った。森茉莉のギドウ、ギランは作中同一人物としか思えないほどにそっくりのタイプのはずだがただ、これは自分の勝手な空想として、……。

筋肉質で美丈夫、短尾でもアメショー顔のギドウに、瘦身で眼光鋭くギドウよりまだ頭ひとつ背の高いギランが後継になる姿を一瞬想像した。しかも募集の土地は尊敬する小説家のどんぴしゃ出身地。彼は、というか私の師匠はその市の名前をそのまま筆名にしているのだ。自分が「知っている土地」の猫を貰おうとするという事にここで気が付いた。しかし、ふと見ると千葉などは遠隔地すぎて里親対象に入っていない。

そのギランの表情は実はまるで純血種ぽくなかった。ギドウと同じように若いのに苦労して来た顔。ギドウ自身の生まれ変わりには見えなかったけど種類も違うけど、ギドウに一番似ていた。むろん、貰えないし貰わなかったけれど。

ただ、恵まれたと枕詞が付くはずの純血種の中にも本当に非常に可哀相な猫が結構いるのだと学ぶ結果となった。不幸な猫の増やし方血統書編。話には聞いて知っているつもりだったが、里親対象にここまで入ってくるとは、その一方で……。

いつのまにか、ピジョンの大きい鼻の頭のほくろが気になって頭のなかで触っている自分に気付いた。自分の鼻と写真のほくろを想像でくっつけていた。それを蛇のような模様と思っていたのに、もう受けいれていた。とはいえ、里親になるまで……。

結局は猫シェルターのブログに辿り着いてからも、フォスターペアレントになってからもぐずぐずしていた。しかしある日、メールを打った。小説を書くより緊張して、つまり事実は文章で整える事が出来ないから。ギドウが自分にとってどういうものだったか、そして難病である事も自営である事もすべて正直に述べた。少なくとも後何年かだけは老猫を飼える、大切に出来ると。フォスターになってから三ヵ月目だった。無論相手的にはそれはありなのだが。


フォスターペアレントは一ヵ月三千円からで、ひとりの猫を自分の養い猫と決め、毎月、あるいは何ヵ月か纏めてその子のためにだけ使うお金を送る。体の不自由な子や持病のある子のための募集が主に思えた。ピジョンは当時は腎臓がやや悪いだけ、しかし他の猫と比べ食欲不振のために費用が掛かった。入院もしたが、まず食費である。メールで承認を求め、お金を一年分纏めて振り込んだ。しかし実際の見当が私にはつかない。癲癇になってしばらくのドーラはすごかったはず、とか思い出しつつ、その他にとりあえずギドウの残っていたご飯やペットシーツを送る事にした。亡くなった猫のものをどこかに寄付したり、猫を飼っている人に上げる上げるというのはよく聞くし常識の範囲である。そう言えばカノコが亡くなったとき、うちはギドウに良い砂や猫枕を貰っている。荷物が届いたことはメールの返事より早くブログの更新で知った。

その団体は支援した猫用品などを写真に撮って記事にしてお礼を言ってくれる。贈り物の中に、老猫や子猫の好物などあると、ボランティアの手からおやつを銜えていく年寄り猫の姿、保護直後の子猫さんがひたすら山盛りのおごちそうをかっこむ画像も掲載されたりする。

同時に養親の申し出を受けたピジョンの、ドン・キホーテ風口調の御礼が出ていた。画像で知っているだけ、写真も三枚しかないネット内猫が、生きていてご飯を喜んでくれたのだ。それは「自分にもまた主人が出来た」という謙虚な喜び中心のお礼である。しかし現状から振り返るとピジョンはひたすらに「お父さん」を信じていて、そんなに気を使った言い方にはならない。むろん翻訳して下さった方のご配慮なのである。そもそもその時の設定は雄のままだし、爺の口調だった。当時まだシェルターの人々も気付いてなかったのだ。

ピジョンはきれいにタオルでふいてブラシをかけたりしても、来た当初は睾丸の位置に、なぜか睾丸そっくりの毛玉二個があった。それにやはり茶虎の雄率八、九割でここまで性格がきついと、「雄」としか思えない。

ギドウのご飯の他に、賞味期限が一年以上ある他の猫のお供えなどもすべて送った。箱に詰めている時にふっと、これは平均的な猫の一ヵ月分と見当した。食費の他に毎月、現物支給でこれだけ送れば間に合うかな？　というか食べたかどうか知りたい。しかしあるいは今、入院中なのか（写真は前のままだし）？　気が付くと常時、心配状態である。こうして四週間後も……。

ダンボール箱一杯、一ヵ月分の食事のつもりで口が贅沢だという老猫のご飯を選んでいた。慣れたスーパーへ行き、と言っても行くのはしんどいのだが猫用品売り場にたどり着くとたちまち飼い主としての生命が蘇る。あれも食べたいだろうこれを食べたいかも、と結局ギドウやドーラの好物を夢中で次々買い、これでは客観性がないと気づいて彼らが一切食べなかった（シーバという）猫缶も買った。すると家に来る前の週ピジョンはそのシーバが一番好きと知った。そうだギドウとは違う猫なのだ、それはまさに他者の証拠、生きているからこその予想外なのだと、その時にふと覚醒した。

要するにこの月、一で随分気持ちが変わった。そう言えばモイラが死んだときお供えを始めて私はずっと供養してきたけど、生きていても死んでいても、或いは目の前にいても会ったことがなくてもともかく「知っている」猫のために自分で選んで自分の財布からご飯を買うこと、それでどこかに失った盟友がまだいるかのような錯覚が生じるのだ。その上で元気を出し「違う！　生きている別猫だっ！」と叫べるようになった。

……ダンボール箱に詰めながら数を数える、カロリーの計算も。「すぐ飽きる、汁だけ飲んで残す」というからにはいろいろな種類が必要なはずだ。「歯が悪い、運動しないずっと引っ込んでいる」というのだから柔らかくて体に良いものでなくては。というかそもそも食べないで入院するのである。珍しいおやつも少しずつネットで取り寄せる。

ギドウの後継なのでギドウの毛布も一応送ってみた。しかしこれは失敗であった。上等のものでも、他猫の体臭がついているしよく洗濯してあっても使用したものなどは断るところもあって当然である。

とうとう毎日毎日何度もシェルターの通信ブログをただむさぼるように見て、私はいつしかシャワーだけではなく風呂にも入れるようになっていった。その一方で老猫を貰うより、フォスターペアレントのままでいいではないかという感覚も生じてきた。つまり猫のいない生活に慣れはじめたのだ。それまで猫の世話は私の生活のすべて以上を占めた。そもそも猫がいたらどこにも行けないし体力の殆どを使ってしまう。

そんな中シェルターには夢で見た縞三毛、ギドウの生き写しの縦長顔大きい耳、ダンディな子猫が保護されて来ていた。むろん雄ではなく、女の子の名前。シェルターはさっそく画像を挙げ、大童で募集を掛け始めた。ギドウに似た三毛猫、ということは大変な器量良しという事なのでたちまち応募者殺到、貰われていった。二ヵ月後にはもう若猫であった。写真を見たらギドウはいなかった。「前世」とは何だろう？

たった何十日かでまるで違う表情、体型、食べないタイプなのか？　そして室内の高いところに常駐している。一方ギドウは一歳頃から高所に登れなかった。つまり何が、どこが違うのか？　たぶん環境の中の立ち位置とか生命のあり方がもう違うのだ。

最初はギドウと生き写しだったのに、毛色は夢で見たままなのに、それでも誰か判らない程に顔が変わっていた。なおかつ、もしその三毛猫が雄だったとしても私は子猫を貰えない。二十年後の私が確実に猫の世話を出来るという保証はない。さらにあえて三毛猫の雄は短命だから貰えると主張してもシェルターは老人に子猫を許可しない。当然の事だ。

生まれ変わり別れてゆく、その日そう思った。だってもしあれがギドウの輪廻転生だとしてもギドウはもうギドウではない。私の事なんかすっかり忘れている。忘れて幸福、正解である。

その他には、同じ頃、似ていないけど可愛いなあと思った茶虎の子が、ついに多頭飼いのところに決まっていった。——ネットでは少ない少ないと言っていても、やはりこういうところにはふいに来るものだ。しかし茶虎はたったの三匹、二匹は一ヶ所へ即決した。が、どういうわけか一匹決まらないまま。

少し目脂が出ていて弱々しいせいなのか、数が少なければ人気あるはずなのに、数週間。けしてやんちゃという感じではなく、ボランティアの方の指をおっとりと齧っている写真が気になって仕方なかった。本当は成猫の方が親しめるのに子猫が気になったのは、ギドウが生まれ変わる時期と思ったからだ。

しかしそんな中で、結局は何度も何度も、気がつくと更新もされないピジョンの写真をみていた。むろん子猫の募集が忙しい中で既に貰い手のない老猫の画像まで取り替える余裕はない。もし家にいればギドウにしたように毎日写真を撮るのにと思ったりした。様子が知りたいと。

ピジョンを貰って判ったのはギドウがどんなに撮りやすかったかということであった。撮影が平気な猫、それは珍しい部類なのだ。しょぼいデジカメのフラッシュでも、万が一であっても猫の目には悪いという一説を私はある時知って、晩年のギドウから使わなくなった。その注意をした上でピジョンにもカメラを向けるのだがこれはすぐに向きを変えるし目を閉じてしまう。

良いポーズは撮ろうとした途端に消えてしまうしどうやっても目が小さく映ることがほとんどである。実物はパグっぽい程の出目金やろうであるのにおそらくシェルターでも撮りにくくて困り果てたのだろう。というか側にいればたちまち抱っこ抱っこまたは絶叫であるから「はい、チーズ」どころではない。

膝に乗って下りる、また乗ってうわーっ、「草ちょうだい」きゃーっ、カメラもそれを持つ手も「ほら、消毒するでしょ」、「消毒よ」、撮影どころではない。もういちいちいちいち、「出会えっ、きえいっ」。「ごはん、きえいっ」、床に下りてしまったのでソファに戻りたくなる。抱っこするかまたは励まさねばならない。さもないと目の前に私がいてもたちまち横を向いて「お父さん！　どこっ」。

里親と幸福に暮らしている子猫達の写真入り記事を眺めながら、蚊帳の外にいるくせについ感じてしまう別れを感じながら、私は今後ピジョンをどうするのか考えるしかなかった。むろんフォスターのままでいる事も普通なのだ。自然に移行して貰う人もいるがそのままでも何ら不自然ではない。というか飼えない人にありがたい制度なのだから。

とはいうものの、……貰うという事は空想のなかではまさに現実的未来だった。しかしその一方、ギドウの死から五ヵ月以上経って、既に猫のいない生活が現実であった。例えば、何も気にしないでたまねぎを切れる。天ぷらも揚げられる。猫の猛毒と言われる球根の花も、猫の体に悪い観葉植物も平気で飾れる。すべて危険な事が平気で出来る。外出も時間帯を選ばなくて良い。しかし、それでもなぜか私は窓を開けなかった。だって、……。

外出なんかもともとしないのである。それより「猫がいるから出られない」と言う規則の下、外に出ないことの方がずっといい暮らしだと思う結果となった。ひとりで家にいる良い理由と、最高の環境を猫は作ってくれる。

フォスターになれたので食欲は戻っていた。電話の声も私はもう普通に出た。しかしやはり体のどこかから空気が漏れていて、たまに外を歩くたびに外の風が私の胴体を通り抜けた。初秋からカシウェアの毛布でほっこりと寝ていても、体から離れたところがなぜか寒い。触れても居ない後ろの空間に穴が開いていて、そこが、苦しくてたまらない。台所が気になる？　しかし今はもう誰も居ない。

ふいに猫の百箇日は人間の一周忌かな、と思いはじめた。というのも本当に落ち着いてきたから。でも、――私は特に立ち直ったわけではないのかもしれなかった。つまり、それは要するにネットにピジョンがいて、そこに何らかの関わりが発生しているから無事になっただけで。ただこんな仮初めでもなんとか生きていけるのなら、その上で自分は猫のためにも、今後は飼わないほうがよい、という結論に傾きかけていた。フォスターペアレントでせいいっぱいの事をしてあげよう。その選択が楽に決まっている。しかし、……。

途端に夜中に冷や汗が出始めるのである。前の悲しみとは別の、酷い焦りと苦しみが少しずつ現れる。ただそれはそんなにギドウの死んだ時程には辛くもない。なのにまた「地獄」が見え始める。「現実に貰うのだ」、という空想の中、実生活がその空想に支配されている。

誰かが泣いていて、置き去りにされている？　でもそれは自分が前に進む時の兆候である。

それなら猫のいない方向に曲がっていくのだろうか、その先には？　私？　ひとりだけの墓？　だけれどもそりゃあ迎えないほうが「賢明」だろう。何か失敗があってはいけないから。失敗するよりは出来る事をしてあげる方がいいに決まっている。しかしその一方、……。

自分がどうであれなぜ迎えないのか、なんという冷たい、酷いという震える心が、勝手に湧いてくる。ここには猫のいられるスペースがあるだろう？　しかしそれは本当に幸福な場所かどうか判らないその上。

ピジョンは今、基本恵まれた環境にいるのである。シェルターにはなんでもある。さらに可哀相というのなら、そこにはもっと気の毒な子がいろいろといた。例えば、……。

シニアで路上にいて虐待されていたから保護されただとか、事故の後保護されたが手足を失ったとか、いきなりぶったおれていて、点滴や手術されるしかなく、要するにもう外で暮らせないからシェルターでお世話するとか、その他季節ごとに子猫が保護されてくる。保健所から救われたのや多頭飼育崩壊、母猫が育児放棄したの。

ところがピジョンはただ環境が、――というか他の猫が嫌いなだけなのである。無事に貰えるご飯も食べようとしない。叫んでばかりいる。七十四の猫がいる建物の一番奥にすっこみ、この「お館様」は、ひたすら「天下に号令」していたのである。多分、「出会え、出会え」という感じだったのだろう。そう、例えば。

「出会え、抱っこじゃ、寂しいっ、出会えっ、皆のもの、抱っこっ、だれかあるっ、、抱っこっ、きえーい、抱っこ、ぎゃーあおううう、抱っこ、抱っこ、抱っこ、わおん、わおん、ぐあおう、きゃー」、あるいは。

「お父さん、いない、お父さん、わおん、わおん、抱っこ、抱っこ、消毒よ、消毒よ、わおん、わおん」、それはおそらく凄まじい絶叫だったのであろう……、根拠？

つまり、家でもそうだから、もう専属がいるのに集団発情の切り込み隊長のような叫び声が、夜中に白昼に早朝にいきなり、ソファ前で便所前で神棚前で止まらず、そして猫トイレ前で、流し下で、絶叫しないのはせいぜい私の枕元くらい、しかしこの場合は頭突きとか消毒（ひたすら舐める、消毒奉行のピジョン）でしっかり起こしてくれる。

老猫ピジョンさんは絶叫するのが日課。

毎日最低十回、私が名前を呼び続けて駆け寄る、または後ろから猫の体に手を添えるまで、それでもダメなら抱っこ抱っこをするまで、叫びは止まる事はない。とはいえそれは、哀れとか可哀相とかそういう感じではない。むしろ生まれたての赤子の純粋さでもあり、野性のおたけびの気配もする。「ピジョン、赤ちゃん、ピジョン、オオカミ様」。

絶叫猫、しかも長寿猫などによくあるわがままパワフルやろう。毎日何かしら絶叫している、一見激情の奴隷、しかしそれは多分、聞いてもらえるという計算があって自覚してやっている。

たまのお留守番の時にはしていないはずだ。だって帰宅した家の前でガラス越しに？　聞いた覚えはない。

シェルターで猫の女神様は、ご自分の睡眠時間を削ってまでこのわがまま猫を限界まで抱っこしてあげていた。しかしピジョンは承知しない。というか現在、専属一名とずっと家にいる今さえ「出会え」、になるのだから。

何よりも女神様はボランティアの方数名と協力しながら七十四の猫の母親をしておられて、その他に多頭飼い崩壊のレスキューや地域猫の面倒、手術とその啓蒙まで手掛けていられるのだ。そして他の猫も遊んでほしいし、ブラッシングが好きな猫までもケアしておられる。そもそも看病の必要な子が複数。さて、ピジョンは、……。

来た当初など朝から晩まで、いちいちごろにゃんごろにゃん喜んでいた。なんて幸福そうな猫だと私は満足しすぎて、うち震えていた。しかし（むろんすぐ気が付いたのだが）私がひとりごとを言うたびに必ず熱心に返事をするようになり、さらには物に躓く、電話に出るというすべてにおいて、ピジョンはたちまち反応、かけて来るのである。そしてふと気が付くともう絶叫している。最初私が電話で「お父さん」と言ったときも、関係ないのにただちに飛んできて私の顔を見て、喜んだのだった。その他にはなぜか「テリーヌ」という言葉に反応する時があるがこれは判らない（猫缶名にあるがそれははずれだった）。

そもそもうしろを通るだけでも「んが」、「ぐぅうーん」、「ぐんっにゃっ」、「ぬっなー」、それらは一番おとなしい部類の声、要するに、別に呼んでないのに「呼んだ?」と聞いてくる。たまに私がしつこくて向こうがうざがってくれる場合は振り返って「ぎゃいんっ」。でも自分で側に来ておいての「ぎゃいん」もアリ。

三日目くらいにはもう絶叫しはじめていた。募集プロフィールに人間を呼ぶとあるから、声が大きいのかもと思ってはいたけれど。

確か台所の流し前から裏口まで、歩く途中でいきなり叫びはじめた。その時のは「付いてこい」という意味であった。言葉は通じた。前猫と同じパターンだから判りやすかった。金網が張ってある勝手口(外側は猫フェンス)を半分あけさせると猫は落ち着き、黙って外を見分した。何かしらを確認。それでたちまち「ごろにゃん」を十回ばかり言って、戻ろうとして……。

ソファの目前でまた絶叫始めた。こっちは驚いて、「どうしたの」と駆け寄った。飛び上がれないほど足が痛いのか? しかし側に行くと自分で上がる。

要するにこの猫は「お父さん」と一緒じゃないと何もしない一緒やろうなのだ。そこからは一日に十回程度の絶叫、まあ望みがかなえばすぐに沈静化するが。

そしてその望みの九割り方は割と簡単、「出会えっ、抱っこっ」である。或いは「見て、お父さん、見て、ご飯食べたのよ」、である。または「顎の下に涎ついちゃった、拭いて、拭いて」である、しかし大変なのは冬の真夜中、「水道の水飲むからお風呂場に来て」、眠くて困るのは「寂しいから下りてきて、猫草も持ってきて」、這ってでも行くのは「おトイレ二個しかないのに片方でおしっこ一回しちゃった、今ぜーったい片づけて」、面倒なのは「今からソファに上るのよ応援して（最初のがそうだった）」、さらには「トイレから出てきたからベッドまで一緒に戻って」、中に心配なのは「ドア怖いわかんない怖い、怖い」、つまり、四角い枠があるとそこは通れないと思い込むことがある。戸が開いていても通れないとしかし、……。

一番どうにもしてやれないのは「曲者じゃ、出会え、抱っこ」という透明な敵認定、むろん家にはピジョン以外の猫はいない。

にもかかわらず我が家の窓のひとつから見えるだけの、しかもよその窓の中にいるだけのとても可愛い巨大茶虎パストリアス（つまり室内猫）、あるいは私が路上で飼わないかと勧められた他人の外猫（そんなものはここではただの一匹だけだ、普通は誰かの猫が外に出ていたら事件扱いされる、ここは犬地帯で猫が好きな人は隠れているのである）、若い美しい青猫のミルザ、それらを一目（ガラス越しに）見るや否やいきなり敵認定なのだ。ばかりか見えずとも家の側に来れば全部察知して、「曲者じゃっ、ぎあう」、家の中のクロゼットにまで「侵入する」とこのお館様は想定して「ぎあう、にあう」。そうなると室内まで野外警戒の対象になってしまって、「きえいっ、ぐうーぬ」。

最初は食器棚の下まで開けさせて確認するという状態であった。まあそこまでの行動は数カ月で止まったが、しかしガラス越しに外を通る猫はいくら猫のいない土地でも一年に何度かは出現するわけで（というか外猫ミルザの他にあと一匹いて、出入り自由の飼い猫、その名はニューーとん子）。

でも、この子は本当に二十三区で溺愛されていた室内猫である。そこは確かなのだ。なのにこの戦意はなに？　あるいは、——元々の激しい野性の血がお父さんを失ってヨミガエったのか？

山道のドブにいるイカ耳の猫とピジョンがけんかしたら、案外勝つかもしれない、少なくともピジョンはそこまで鳴く闘争的エネルギーと持続力を持っている（老猫のくせに）。というか姿を見たときとそれが去っていくまでの凄味は激戦地のボス並だ。むろん、私がついていてそんなものぜったい相手させない。「ぎーいーいー、ひゃーーー」とか始めたらいきなりドア閉め、フェンス内に出ていたら回収にかかる、その場で靴下のままでもすぐに庭に出て「入れっ」と叫ぶ。と、これは実に感心というか感動的なのだが、猫はたちまちモードを変え「あうう」と返答、ぴょんと部屋に入ってくるのである。しかしむろん、服従は一瞬だ。室内に戻るとむきを変えてまた、「ぎあう、ぎあう、ぎあう」。ただしここで「これーっ」と怒るといきなり「ぐるにゃん」に戻る。

結局根本飼い主の言うことだけは絶対聞く。しかしその日と翌日くらいはフェンス内に出させない。その間は猫に文句言われないように、私も物忌み状態にして難を逃れる。

どんな態度でもどんなにわがままでもピジョンはまず飼い主とのコミュニケーションを第一にしている。その上で要求のレベルは高く細かい。どんなにこっちが気づかなくても絶対に最後は理解させる。通ずるまで努力を放棄しない。「あらっ、カリカリのトッピングは？」わおん？　おいおい五分前に追加したのに、君それをたちまち「ないわっ！　忘れたのねっ！」、「お父さん、わおん、お父さん」。すべて根本にあるのはお父さんという名のピジョンのエゴなのだ。でもまあこっちだって、――、お互いエゴ同士。

フォスターペアレントから里親の方に、カーブを切るきっかけになったのは、ある日のちょっとした誤認からだった。いつものようにブログでピジョンの姿を見ようとしていてなれた手順の検索をかけた時（私はそのサイトをお気に入りには入れなかったつまり、検索しないと会った感じがしないからだ）の事、いきなり、「ジョン様、里親様決定」という記事が一番上に出た。

殴られたとは思わない刺されたと思った、口から幻の出血が垂れた無論。

こういう事態がある事は承認ずみで養親になったのだ。里親優先である。すーっと自分の心身が貧血するのが判った。ところがそれを「何も感じない、何も、何も、ああやっぱりああやっぱり」と思いながらクリックして見たら、実は自分がフォスターペアレントになった時のお知らせであった。最近目が霞んでいるせいもあって里という字と養という字を見間違えたものだ。しかし、記事を確認して安心した時に心がすっとさらに先の方に、つまり貰う方へと、曲がって行った。

というか、もしも実際に里親が決まったのなら本来は喜ばなくてはならない事態なのに「コレデハアカン」、とこうして、ついに、私は現実のピジョンと向かい会ってしまった。

だってこのままでいたら、一生ピジョンは私の事を知らない、私が死んでも宇宙が終わってもずっと知らない。特に触りたいというのでもない。飼いたいというよりも心配なだけだけど。でも、私はピジョンに知られたいと思うようになっていた。主人の死という不幸はあっても、運強く良いシェルターに迎えられた。なのにピジョンはそこの猫が全部嫌い、人間が好き、さらにそこには自分の専属はいない。「飼い主のお葬式の時悲しそうに座っていたのです、本当にがっくり来て参っているようでした」一律のご飯を拒否して痩せていくピジョン、入院してもどこも悪くない元気な老猫。ナースに抱っこされてちゅーるを貰うと、少しは自分で食べるようになる。むろん、その上で、「まあぁ、……あなた、抱っこうまいわね、それにこのおやつも、よく工夫してあるわ、だったらこのピジョンの専属になってくださらない」、とねだる。しかし結局鼻チューブでシェルター帰となる、そしてまた再び、……。

自分がショックだったという事実を、所詮エゴによって私は思い知らされた。

なぜ好みの猫缶が並ぶようになったのか、とピジョンは思うだろうか、だったらその延長上に飼い主の後継がいると思わないだろうかでも。

もし一生ご飯を送ってもピジョンは私が誰がまったく知らない。もし二三度会ったところで私とは判らない。私はけして、自分が目立ちたいわけでも感謝されたいわけでもない、ただピジョンが何も知らずに食べているという事が異様に辛いのである。という事は愛情も届けたいという心境になっていた。しかしその時点でたかがそんなもの自己都合の脳内愛情に過ぎないのだ。というか猫缶少々で恩着せがましい。

シェルターは忙しくて面会は要予約会う事は可能だがお互いが認識する程は会えないはずである。養親への報告も年一回だけだ。しかし忙しいので無理もないのである。人間の気持ちより猫の無事優先、安全確認第一それこそが見識で。

今ではもしあの時貰わなかったらとうなされてはね起きる。たまにはシェルターのもっとおとなしい子だったら、とふと想像してしまう。ところが想像しているうちにその顔がピジョンになってしまう、今のところそういう世界に居る。

9 猫現《あたし、来てよ！》

今さらながらに震える手で里親に申し込み、電話を待った。すると一番心配なのは老猫の移動リスクである。結構な長旅だし、高齢猫なので、引っ越しで体調を崩して死なれるのが嫌だ。私は何度も電話で相手と打ち合わせた。その時の自分に、自分で驚いた。電話に出た時の声が別人、謡曲並の気合。

もうそれなりに猫のいない生活が定着していると思い込んでいたのにどこからこんな朗々とした凄まじいまでに明るい声が出るの自分？　家中に再生の大声が満ちていく。

もっと驚いたのは相手がそっくりの質の声を出した事、しかし話しているうちにやはり地声は違うと判明する。共通の喜びで同じ楽器を鳴らす赤の他人。とはいえその会話は地味一点張り、例えばシェルターがオイルストーブだと言うので北千葉の寒さをどうするのか、その他に安全対策も相談した。だってともかく早くちゃんとしないと今からすぐ冬がくるのである。氷点下の東京を生き延びた茶虎でも暖房が壊れると悲鳴を上げた。カイロも切らすと大変な事になるはずである（切らした事はないが）。

ところでいざ貰おうとするというか現実にしようとすると、自分が猫によい環境をあたえてきたと信じていたのがたちまち揺らいで来た（自問自答したら全部ダメに思えた）。

ああ？　フェンスが張ってある？　フン！　高級猫缶を？　箱で取り寄せて喰い放題（だから何？）、同時に猫特有の慢性腎不全には配慮、医者にもかけまくる（って当然だろ！）、冬はストーブ、遠赤、エアコン、カーペットをつけ、毛布などは私より猫の方が多く持っている（はあ、それがどうしたって？）、その上に夏も人間は我慢して暑い中にいる。とどめ旅行しない通勤しない、ずっと一緒ではないか、それに始終猫の後ろに控えていて何でも言うことを聞いていたし。だがしかしいざ向かい合うと、欠点が見えてくる。

結局私がいきなり死んだらどうなるという、そういう話である、それに尽きる。カリカリ、炬燵だけの家であっても家族持ちが良いのではないだろうか。そもそも自分はたった四匹の猫を里親に出すときに結局知り合いにしかあげなかった。当時は稲葉眞弓さんが独身だと思っていても近所に猫の好きな妹さんがお住まいなので大丈夫と、だったら？　基本自分などは貰ってはいけないだろ？　そう思うとさらに次から次へと他の欠点が出てきた（町内会入るか？今さらか？　いや心臓血圧大丈夫だしでもやっぱりセコム付けるか）。しかしその他にもいろいろダメな証拠が出てくる。自分は意志が弱いし気が短い。というか、……。

人間社会において本当に人間がやれていない。それが何より証拠にはこの家は掃除していない。すべて埃だらけだ。というか人間レベルの生活で私がやたらに幸福ぶり、不満が少ないことが間違っている。今の、生きていれば幸福というような安易な人物のままどうやって猫に向上性のある生活を与えられるだろうか、つまり、……。

的確に文句を言い堂々と権利を主張するような人間でなければ猫の代わりに猫に必要なものを確保出来ないはずだ。常に自分の猫を有利にしようとする気迫、その生命力が私にあるだろうか。きちんと瞬時に問題点を解決して環境、生活を保証してやれるだろうか。

例えば保坂和志さんのような複数が長寿猫という飼い主の場合、大切にするといってももうレベルが違う。猫に漢方薬を使いこなし大学病院に連れていく。その上で猫は外で抱っこされていても逃げない。つまり飼い主は健康で運動能力と判断力があり、その他の生活力、交渉能力にも優れている。よろけないようにしっかりと抱っこ、それに二十三区には優秀な医者が多い。というか猫地帯なので全体のレベルや情報量が違う。

そもそも私の家は掃除が行き届いていない。何もかも放置されていて無論けしてゴミ屋敷ではないし、臭いなどはしてないけどでも、難病発覚前の治療以前はちょっと廃墟風で。治療以後だって、結局健康になれるわけではない。ギドウと一緒にずっと幸福にしていたけど、何も不自由はさせなかったけれど、床はほぼ放置されていて、家の中にゴギブリはまったくいなくてもヤモリが沢山いた。ヤモリ取りのうまいルウルウが死んで一層数が増えて、ファックスの上などにも普通にいた。庭のバケツに泥が入っていてそこにヒマワリの芽が生えたりするし、流しも「エコ」なので排水口のネットからスイカの芽が生えたり、一度炊事を止めてみたら流しにボウフラが発生した事も……。

階段に綿埃、リサイクルに出すペットボトルは大量にきれいに洗ってしっかり潰したまま、一年放置、そもそも凄まじい量の紙類がある。本よりも紙、論争の資料を切り抜いたものや、二十年前言論統制された証拠、相手の手書きが入っている原稿など、書斎の床でぼろぼろになったまま、地層と化している。これでは猫が埃だらけになる？　まあ前猫はそんなにはなってなかったけど。さらには自分の手が痛いのもダメと思えてくる。投薬はなんとかやっていたがしかし。

細かいものが拾えずよく床に落ちている、目が霞むので透明な小さいものを見落としてしまう、例えば床に落ちている透明ミシン糸を見つけるとこれを猫が食ったら死ぬのではないか、などと思う。あと猫缶の賞味期限とか電話番号とか細かい数字もみえにくいし。

それでもどういうわけか信用して貰えた。連れてきてくれるのも本当に早かった。

フォスターの三ヵ月を通じて、コミュニケーション取れたからかもしれなかった。或いは、ピジョンがシェルターにいるよりは、ここに来る方が良いと判断して貰えたのかもしれなかった。あと、今思えばひとつだけ。これは相手の最も望むこと。

脱走させないプロとして私はこの四半世紀猫を飼ってきた。例外は東京時代含めドーラが二回、モイラが一回、しかしすべて回収し、西暦二〇〇〇年以後誰も逃げていない。室内飼い自体を徹底させている。猫のために稼ぐ事、猫のトイレを片づける事、それらもすべて、フルメタル・ジャケットのデブのように、集中でやっていた。とはいえ、……。

やはり「空き家」になってしまえば落ち込みは戻らない。しかし既にその時点「ジョンちゃまいるよ！」と性別不明の子供のアニメ声が夢の中に、何かというとぽんと落ちてくるようになってしまっていた。その上到着前夜に、……。

「あるいは雄の後雄を貰うのは可哀相かも（というのは縄張り取られる感）」という考えがいきなり湧いてきた。するとアニメ声は「ギドウよろこぶよ」とたちまち夢で言うのである。何？結局？　雌だった！

その日にちはたまたま世界猫の日の午後、その場で、飼う環境も審査する（虐待防止のため）という約束であった。それを当然と思う一方、申し訳ないけれど知らない人が来るという事に躊躇もあった。まあ、向こうにしても同じ事なのだ。が、こっちはひとり住まい。

ただ同世代の女性が主体のようだし、三ヵ月やりとりして様子は想像できた。
ちなみに単身の高齢者に子猫を渡すシェルターは今はまずない。老人の飼い主は死亡だけではなく、入院や認知症、体が動かなくなる事で飼っていた猫を飼えなくなる場合がある。一方、単身高齢の人でも自分が倒れたらいけないので外飼いにしておくという主張の人物が案外に居る。これはもし不幸が起きても近所の人がいればエサだけはやってくれるからという理屈になっている。が、ちょっと自分にはイメージが摑めない。ただやむにやまれずそんな形で保護するしかない猫がいてそうなっているのかもしれないし、私の知っている人はすべて避妊手術もしているので何も口が出せない。というか実態が判らない。ただし、こういう人に対しシェルターはどんな猫でも渡さないはずである。どこでも絶対室内飼いの規定になっている。なお、子猫の場合であるが、……。

子猫にはその他にも家族持ち限定や、時には誰かがずっと必ず家にいることという条件が付いている。というのもこのすばしこい生物が幼いままにお風呂で溺れたり家電に感電したりすると困るからだ。あちこちのシェルターの条件を読んでいるとやはり現実に引き戻される。多くのペットショップは幻をみせておいて売り飛ばそうとするが、シェルターは猫二十年分の不幸や災難をことごとく想定しなければならない。

例えば家族全員の賛成が必要、今現在ペット可物件に住んでいるだけではなく引っ越し先もそうである事という条件、その他に初耳は家族の中にアレルギー体質の人がいるかどうかというチェックである。ただしこれは、可愛い子猫をつれていって成猫になると飽きてしまうような人が「猫アレルギーでした」と嘘を言って返すケースへの対応を兼ねていると。

女性ひとりで知らない家にいきなり上がるのは怖いだろうなあと思っていたら、車でだんなさんが運転して来た。しかも家には入らないからと言って車内で一時間以上待っていてくれた。というような彼女こそ、七十四の猫を統率する女神だった。半生を猫に捧げてきた。迫力もあるが清潔感のあるきびきびした方だった。真っ白の髪でＮＰＯの赤いジャンパーを羽織、黄色い真新しいキャリーをバチック模様の布でしっかり包んで背筋を延ばし、私を救出しにきた顔で微笑んでいた。猫はその時だけ異様にかわいい声でピーピー鳴いていた。「まあ、可愛い声」と私が言うと、女神もふいに緊張が溶けたようであった。

紅茶を出すはずだったのだが忘れてしまった、というか、すべてまず猫のためで書類を出して二人で夢中で記入していった。家の中は、猫を飼うところだけでもと精一杯きれいにした。しかし、「部屋が汚いのは虐待者でなくとも、猫の世話もきちんと出来ないようなダメな人間だから連れて帰って来い」、と別にどこのシェルターの人でもないが、長寿猫自慢の飼い主が、どこかのサイトに書いていた。私は思い出し心配になっていた。

新しいトイレにすぐ慣れるように、使っていた砂を少しください、そう頼んでおいたのだが大便も一緒にビニール袋に入れて差し出された、これも一種の飼い主面接かもしれなかった。袋越しにすぐに手の上に乗せた。すると小さいジュズ玉のようなしろものであって、この糞では今も本当に食べないのかもと胸が詰まった。

どうやって飼うかも審査してもらった。トイレ砂をそんなに入れたら飛び散ります等教えて貰えた。トイレについて猫女神は真剣であった（しかし本当に無駄がなくなった）。その他にこれは当面必要なのできれいにはしてないがとピジョンが今まで使っていた猫ベッドを（約束して）持ってきて下さった。すると別れたお父さんのことが想像出来た。

それはしっかりして分厚く、複数で寝られるような大型のもの、ちょっと売っていない色形の特製。紺と黒と白のベルベットで、透明プラスチックのビジューと銀のスパンコールが外側に帯状に縫い付けられていた。その銀河のベッドには西川のローズ色高級ウールひざ掛け毛布が畳まれ、詰めてあった。

つまりピジョンは、「お父さんのいるところから」動かなかったわけだ。一方私は相手を安心させるために骨壺を入れたメモリアルボックス、モイラやルウルウの入っているキャリーを見せて、少し猫話をしようとした、が、女神が現在に集中しているようなので止めた。

今目の前にいる猫を助けないとなんとしても今ここにいる子だけでも助けないと、そういう感じ。なのでこの間も女神の仕事ははやく、殆ど時間が経っていないのにどんどんと書類が埋まっていった。分刻みで時計を見ながら動いているような、……身分証明は向こうからは求めないけれど特任教授に過ぎないし今は行っていない、とはっきり言った上で勤務証を見せた。免許がないしマイナンバーは拒否気味なので保険証とこれしか見せるものがない。とはいえ持ち家とかこういう勤務証は信用を得るのに有利なのだと、この年になって初めて判った。自営というか筆で食べていることは伝えてあった。

中には里親に収入証明の必要なところもあると聞いたが私は見せなくて済んだ。しかしサイトの方には猫を一生飼う経済力のある人というただし書きもあってなおかつ、納税証明を見せろとか持ち家なら権利書を見せろなどという事はされなかった（相手次第だが別に見せてもよい、だって私は知り合いにしか猫を渡さなかったからもっと厳しい）。

その他玄関のところで猫と一緒の写真を撮って持ちかえる事になっているというのでまだキャリーのままで二枚撮影した。

そしてここでついに、猫をキャリーから出すことになった。

しかし「ついに」と言っても女神の仕事は速く、そこまでがあっと言う間だった。待機している猫の負担も最小。既に全部の判子をついてあるし、運賃や猫の費用の一部に当たる一万円を払ってあり、（今はもう値上がりしているかも）、ここでリビングに戻る。

女神は、「わたくしも最近は昔と違いその場で塀を越えたりして猫を助けることが難しくなりました」などと電話では話していたけれど、すべてきびきびと素早くしてたちまち彫刻のように長い指で、キャリーの布を解いて蓋を開けた。

猫はずっと中でおとなしくしていて何も怖がらずに待たせずに、そのまま、すっと出てきた。長旅に消耗している感じはなく、なんというか、……。

ぱちくり、ぱちくり、とんころりんっ、というような感じの出方。神隠しに遇っていた娘がいきなり大風で元の村にひょん、と飛んできた態。

頭を少し下げ、キャリーの開けた蓋からすくうように上体が延び、何の躊躇もなく全身がさっと出た。知らないはずの空間にすぽんと入って来た。たちまち自然に左右をぱっ、ぱっ、と見た。

怖がらない茶色、びびらない虎模様、という第一印象、で？　誰がこの子をこの時点でまさかここまで神経質かつ激烈な猫だと思うであろうか。その上まさに古典柄、一見洋猫の気配がまったくない、にもかかわらず、その翌日、まさかシャム猫に多いという（友達のひとりから聞いただけだけれど）スパイスへの反応、カレーライスハッスル（私の造語）をする事になるなんて。とはいえ、……。

全身を見るやいなや、あれっ？　でもなんでこんなに背中の位置が高いのだ、と思いはした。というのもまず、ちんまりと短い日本猫の背中に目がいったから（それは後からレントゲンで腰椎が一個少ない、日本猫にはよくある奇形だと判明した）、しかし、そういう短い背中を長い長い脚が支えている事はむろんその場で見ていて、つまりそれ故に顔の位置が高すぎると感じたわけで。

その高すぎる位置にある日本猫模様の顔で、ぱちくりぱちくり左右を見てから、猫はすとっ、と一歩進み、さらにこちらの世界にまた近付いてきた。ほらやはり足が長いね。洋猫のバランスで歩みつつきょろきょろしつつ、止まるときにはその足では長すぎるのか膝を落としていたり腰を落としていたり、完全には延ばしきらないのだがそれでも長い。

キャリーから出て直線移動を、猫は選んだ。水や猫缶の箱がある（さっきまで書類が乗っていた）ローテーブルの脇と、電球が四個付いた間接照明のポールの間の、細道をしゅしゅしゅっと進んで来た、でも、あれ、……。

なんか爪先物凄く小さくないか？　バレーシューズみたい、しかもこれ前猫たちとは違う足取り、長い長い脚で素早く、拾うように歩く。そこで相手の何も驚いてもいない顔を見ると。「知ってる、ここ、知ってる」と言っているとしか思えない雰囲気。とはいえ特に嬉しそうでもない。

目も最初は点目、写真のように眠そうに嫌そうに細めていた。ただ途中でいきなり、びくっと右肩が震えたのだ(というのは老化のせいで右前足の骨が磨滅していて、今でも時々ぴっ、ぴっと振る、どこか痛いらしい)。すると、ところでこの、これにつれて——猫は目を見開いた。たちまち何かしらその印象が変わった。

ていうか、目を見開いた時にまるであまりにも猫相が変わった。一瞬眼光炯々、その後、見開いたままの目から、稲光がほわーっと引いてしかしきつい印象は変わらず、こちらに向けてすく、と顔を上げた。すでに最初の顔写真で見たおとなしさはない。これは巨大まなこくるりんちょのみこと、猫型出目金。そしてこの瞳の緑の強烈。え、知ってる?

瞼の毛が薄い、髭が長く爺っぽい、おお、そうかあの小さい目は確か誰かさんの寝起きの顔だ、でもその誰かって? あまりにも昔であぁ、当時はデジタルじゃなくて写真もそんなに今ほどは撮っていなかった。だけど目の前に来れば思い出すわけだ。

ていうかもう相手は目を見開いて、「そっくり」になっていた。それはモイラがもっとも美人な角度の顔、紅白に出ていた頃の畑中葉子にすごく似ていた奇跡の一瞬。

こんもりした鼻が高すぎて無垢な目が大きすぎてその両方がぶつかる、ちょっと癖ありすぎるかもしれない、でも印象に残る、きつくて可愛い顔。

そういう組み合わせの一致が歳月を経て、いきなり目の前に。そういえばモイラは写真が平気だった。ところがこの人は写真が大嫌いで直に会わないとこの表情見られない。

そうか、……結局このひとも角度美猫なんだ。モイラと同じ鼻で同じ眼光なのだ。なのにこいつはカメラに目を伏せてむーとする老猫。それでも家に来たら、角度を定めたら、知っている顔だった。いや、でもそれだけではない、多分造形じゃない何か、そっくりの何か、……。

例えばモイラは若くて野性、何も知らない、「この子」はずっと室内で年取っててつまり、染まっていない。ならば、「無垢な茶虎」というそこが「似ている」とか？

あるいはこれ、「目が悪くなっているからこそ判った」のか。つまりそれは視覚ではむしろとらえにくい何か。要するにこの猫と前の猫、結局は存在の本質が似ているのでは？　生命のあり方が、そっくりであるのかも。

世間でよくいうのは、生まれ変わって飼い主のところに返ってくる猫は「毛色を着替える」というものであった。つまり同じ毛色では来ないという事？　ただ似ているだけではダメで、いつも注意していないと判らないという意味があるのかもしれない。

まあうちのケースでは茶虎が茶虎になって戻ってきたわけだが。

しかしただでさえ少ない雌の茶虎が一角度とはいえそっくりの目と鼻の組み合わせをもって、返ってきたわけだ。私？　あまりに長き不在に、今はもう失ったという悲しみしか残ってなかった。

むろん、当の相手はこの私を見て特に、「誰？」とも言わない、驚かない、初めましてとも言わない、「あら」でさえない。自明の事、「ほら、着いたわ、あああ、やっぱりここだったのね、やれやれ」って。

あっ、そうそう、そしてこの尻尾が。短い。私はふと、結局言っても仕方ない不毛の猫話を忙しい猫女神についついしかけていた。

「……ええと、あのう、前の茶虎たちは全員曲がり尻尾でしかも短くって……」。

来る直前に、ジョン様はギドウと同じ短い短い尻尾だとやっと聞き出せていた。何十匹居ても、忙しくとも、女神は尻尾についてさえ把握していた。とはいうもの、……。

この尻尾、前の子とは逆向きについている、というかそっくり返りの上に長さがモイラの半分もない。要するに今まで家に来た中で一番尾の短い生き物である。さらに動きが違う。つまりモイラは縦横斜め、左右、明晰であった。いつも下へ折る形にぴし、ぴしぴし、ぴっと振った。だけれどもこの、この、尻尾やろうは。しゅしゅしゅ、しゅっ、……しゅしゅしゅしゅしゅしゅ、しゅっ！　と揺らすばかり。というかしばらくはそうして、ただ横に横にあいまいに揺らしていたのである。ところが？

揺らしから目一杯振ろうとすると、それは振り切れなくて回転するものだった。それも真円ではなく楕円に、くるりん、ひょん、くるりん、ひょんっ、何か赤ちゃんのひとりがてんのように、ぷっくん、ぷっくん、と盛り上がってから、ひょん、と回る。まあそれはすぐにその場で判ったことだ。ちょっと見ていれば揺らすだけでは足りず、……。

回転するしっぽ、ちっぽ、ぷっくん、ぷっくん。しっぽ、ちっぽ、ひょんひょんくるりん、くるりん、ぴょん！

逆向きの、全長半分、しかもぷっくんぷっくんの、「くるりんちょやろう」。だけどそれは結局モイラもこの猫も「同じように」思考の速度として生命のみなぎりとして揺らし、さざめかせるものなのである。ていうかモイラはこんな曖昧ではなく、回すときもただもう振り回していた、ぶんっ、ぶぶぶんっでくるりん感はなし。

だからこそ、私は言っている。信じてしまっている、この無垢の尾力を、そうだったのかい、君は、……。

声が勝手に出ていた。「前に、昔、この子はここにいた子なんで、多分生まれ変わり」、「モイラ、モイ、ラ、モイ」、壊れた機械のよう、判っている初対面の人間に言うことではないましてや。

むろん人前、私は泣かない。積年の凍結霜が一気にはがされ、内心は絶叫してしまっていた。でもその時はまだ、この猫が雌というのさえ知らなかった。さらにここで初めてブログの情報が呼応してきた。この子、推定とはいえ、モイラの死んだ年の生まれなんだ。しかも程なく……。

私は雄を「ギラン」を貰ったのだと思っていた。それが、実はなお一層、「モイラ」だったと、思い知らされた。

そしてそんな中でも？　ふと気づくと女神は一方、ひたすら猫がここに住めるかどうかここが猫にとって良いところかどうかをただ静かに、観察しているだけなのである。その横で私は相当おかしな事を言っている。ていうかなんだよ？　その生まれ変わりというのは。

それは、モイラに向けていてかつていきなり絶えてしまった愛の流れが、ドーラやギドウにさえ向けていない色と波動の独特の愛がふいに、どういうわけか心から立ち上がって、ビームになって復活してしまったという奇跡の事。しかもいきなり、いきなり。

「モイラ！」、猫は答えない、ただ当然のように、無垢のまま帰ってきて、私よりもまず「元の」環境にたちまち馴染んでいる。

雌の茶虎というのは珍しいというが、しかし珍しいといっても別に茶虎全体のなかでせいぜい、一割（丸茶虎）とか二割（白茶虎）とかそんな程度なので、それだけで似ているという言い方は無理なのである。ちなみに私の出会った茶虎（丸茶虎と白茶虎）八匹中に雄はたった三匹、逆に雌はピジョン入れて五匹である（うちだけ変なのか）。さて、……。

そこから、猫は短い細道の端で一旦止まった。つまり私の方には来なくて、くねっ、と引き返し、敬意のある感じで女神の後ろに回り、脚をそろえ、頭を低くして背中を顔でつつき軽く懐いてみていた。私はふいに暗い嫉妬を覚えた、でもこれからこの子はずっと家にいるのに、自分は我が儘すぎると反省した。やがて、猫は……。

女神の背後でお座りをして私の方は見なくなってしまった。毛繕いなどもしないで、ただ座っていた。それは首が長く太く顔が横長で小さく、揃えた前足がまた馬鹿馬鹿しいほど長く、胸の被毛が盛り上がっていてシルエットはまさにシャムであった。でもどこをみてもそれらしい毛色は一本もない。

その一方、脚を折り畳んだところを上から見ると、普通の日本猫よりもっとちんまりした江戸時代の猫。「戻ってきたんですよこの、モイラは」、と私はまたしても言ってしまった（相手は無言）とはいえ。

上から見てもよく見れば結局脚は長過ぎると判明、胴の両側にバッタのように折り畳まれていて（でもモイラは短足）。

で？　生まれ変わりとは何か？　私にとっては？　モイラに注いでいた愛情、それが蘇る事、そしてこの新入りと来たら、かつてお父さんに向けていた視線を、なぜかそれを急に、誰にも向けなかったはずの目をふいに私に向けた。さてこうして猫も人も同じ流れの中で、復活するという偶然の一致、「いつもあなたから電話が来ると飛んで来てたんですよ、普段は引っ込んでいるのに」。

なるほど、でもこれで別にお父さんやモイラがいなくなるわけではない。その愛もなくなるわけではない。多分、愛は倍になって両方ともある。表裏一体でころりんころりんしながら、私たちはすべて全員、この世に何度も何度も生まれ変わるのだ。絶望してはならない。必ずまた会えるからこそ、生きながら生まれ変わって生物は生き延びる。

「ああ、ほらこの鼻が、まさにモイラですねモイラ」、女神は答えない。だってモイラについてなんて、私もともと相手方には何ひとつ告げていないし、自分でもまったく予想していない展開なのだから。一方、来たばかりの猫は私に盗み見られて、大きい大きい鼻を、くん、と上げている。そう、そう、この角度の鼻とさっきの眼光がモイラなんだ。正面だと少し、形違うけど。

半年前まで毎日朝起きると、私はギドウの目脂をとっていた、額をちょっとかいてあげた。その時に私がまず顔を寄せるとビロウドのような幅広い茶色の鼻が、すくうように寄ってきた。この五ヵ月の間、茶虎、茶虎、と思いながら忘れていた部分、その独特に茶色い鼻の温かみと偉大な幅が今また蘇る。でもこの形の鼻はやはり洋猫のものなのかも。

ギドウとモイラは若いころそっくりだった。でもモイラはすぐ逝ってしまって、ギドウだけ年老いた。だったらジョン様は年取ったモイラなのか？　モイラは私を置いていき、お父さんはジョン様を置いていったのだが……。

猫は来てすぐに家の中を何もかも知っていた。無論、前にいた家と間違えているようにも思えたけれど。

今のうちに——知りたい事をぜんぶ聞かなくてはならなかった。というか、健康、持病についての引き継ぎもしなくてはならなかった。まず確認するのは年齢。老猫の余命はもちろんの事、手術可能な年か、等大変気になる。

どうやら連れ帰られなくてすみそうとほっとしながら、「募集推定十歳、ブログ十三歳、カルテ十一歳」の理由を尋ねてみた。すると様子をみていて、引き取った時に聞いた年齢より絶対一、二歳上だと思ったからという事であった。

来てから一年経っていてその間に十一歳になった。最初の半年は里親サイトで募集を掛けていた。しかし問い合わせは一件しかなく、里親は見つからなかった。サイトの方にも「募集期間終了」と書かれていた（貰われた場合は決定と書かれている）。

もし機械に弱い私が募集先のリンクをクリックする事を知らなかったら。「終わりか、ふーん」で終わりだったわけで。

もともと老猫の、というか猫の年齢はなかなか判らないものである。それに十一歳だってモイラが死んでから生まれたのだからその生まれ変わりと思えば思えるのだが。さて、……。気がつくと猫は勝手に自然にするっと、女神の側を離れギドウの冬に座るひとり掛けのソファに上りさらに上を見ていた。というか女神はすでに気がついていて、そう言えば私と話しながらも視線は途中から別の方に向けられていた。

しかし今のピジョンはなんでもひとりでするのを嫌がりいつでも私を呼ぶのにこの時は自分ひとりだけで、勝手に上がろうとしていたのだ。

そこで、女神と私は共同作業のようにして猫の方を見守った。

モイラのいた出窓に猫は平然とゆっくりと、登っていった。とはいうものの、それはモイラが常駐していた一番手の方の出窓ではない。実は二番手の出窓なのだが、さてではなぜその出窓が二番手かというと、ここをモイラは春と秋の昼間にしか使わないからだ。つまり、……。

十月の昼間に来て、ペットキャリーを出て、ピジョンはお父さんのベッドではなくその季節にモイラのいたところへまっすぐに上っていったというわけであった。で?

その時も、「ほら、ここ、登るでしょ」、とピジョンは言っただけ。「ね？　ここ座るでしょ」、その一方、「慣れているのよ」。「知ってるのよ」などとは猫は言わない。

ところでたかが出窓まで上るだけなのに、この猫の脚は、ただ動かすだけでも手繰っているようだった。後ろ足の膝の裏を見せつけるように、びびびと片方ずつその長さを延ばして見せ足指もくにゅっと広げ、そこからふんっ、と両方をハの字にして延ばし体勢を元に立て直す。と、大きいクモのような感じでゆっっっくり、ゆっ、くり。

その場でお医者さんの検査結果を私は貰っていた。ブログのようすを見ていて本人の記事ではないのだけれど、腎臓悪い子がちょこちょこいて、それで気になったからだ。さて、しかし、……これはなんとステージ三である。その年齢にしてもかなり心配だ。BUN50越え、クレアチニン3.9。ところが実際には何の症状も出ていないのだ。つまりステージ二ですでに起こるはずの多尿さえない。

しかもその他には何も悪いところがない。むろん千葉の医者に見せたら青ざめる数値である。私もそうである。ところが一方シェルターのお医者さんはそんなに気にしていない。これからだと言う。私は大変気なるので指で辿りながら、まず数値をひとつひとつ確認して、そこから一番上の欄に、たどり着いた(すると)。名前ジョン、十一歳、ミックス、は?「えええええ、え?」というわけで♀の記号があった。

女神はうなづいて笑っていた。つまり雌だったと、そこでなんとなく、「そりゃ、茶虎でこんなに引っ込んでいたら、雄と思いますよねえ」と私は言ってみた。

しかし、心底驚いて不意をつかれていた。とはいえ私は、「モイラ」と、知らないうちに女名前でちゃんと呼んだのだ。びっくりはしても不満ではなかった。そうだ、モイラも野良時代雄と間違えられていたと思い出したのだ。これならばなるほど「ギドウも喜ぶよ」となる。昔、雑司ヶ谷のお医者さんも、診察してみるまでは雄だと思っていた丸茶虎・強気。

ピジョンも見たところ丸茶虎だった。ただし数日後、私はお腹にひとふさの白を発見した。が、それは年取って白髪なのかもしれない。それに顎や尻尾の切り口が少しだけ白いのもすべて丸茶虎に分類するというし、まあ毛色がひとふさ動こうが足が倍の長さになっていようが、ちっぽが反対向きにそっくり返ろうがとにかくモイラは返ってきたのである。

女神が帰っていくと私はなぜか、途方に暮れた。なぜ途方にくれるのか、理由は不明だった。ただ、こんなのでは駄目だ、と自分を叱った。勇気を出してリビングに戻った。するときゃつは出窓にまだいて、……。

猫は座って何かしくじったような顔付きにちょっとなって、鎮静していた。普通、猫というものは移動させられるとパニックになるのではないか。ところがおとなしい。その上どうみても、「何か食べたい」という顔をしていないのだ今。うちの茶虎は全員食欲凄かったのに。今までのと違うのか？　生まれ変わりのくせに、すると私はそこが不安なのか（自分でも判らない）。

そもそもまず、食べてくれなかったら、どうする？

今からもしも例の拒食になったら飼い主失格と判定されて、連れていかれるのか。いや、食べるとも絶対。食べるまで帰さない。ていうかその自信はあった。だってどの医者も今まで、私が猫に食べさせる事についてだけは「本当に熱心で上手、細かくやっている」と言ったはずだから。

そう言えばドーラが癲癇になった時冬の朝など毎日、冷凍しておいたカレイの縁側をあぶってむしっていた。しかしドーラとちがってこの子は腎臓が悪いのだ。するとやたらなものは食べさせられない。

ふいに襲ってきたわけの判らない恐怖と悲しみをいつものがんばりで凍結させながら、用意していたお皿を取り出すまでに、たった一度、ピジョンは顔をこっちにに向けて一応、ごく軽く、はーっ、と怒った。

ほほー、初めてうちの猫じゃないような態度取ったよなと私はしみじみとし、それからわざとでなく床にころんと尻もちをついていた。人間と会うと緊張するのである。そしてその時よい具合に凍結頭の中でなんとなく、大丈夫、大丈夫、が蘇ってきた。

まず軽いものを、と猫用の減塩チーズをほんの一口、軽くほぐして小皿に載せてみた。しかし腎臓には良くないかもしれない（と気づくのがおそい）。まさかここまでの数値とは思ってなかったのだ（でも少しだし初めてだし）。さて、――こっちは元野良しか付き合ったことがない。猫パンチも来るかと皿を素早く置いて手を引っ込めた。が、はーっ、ですらない。むしろ「あら何よ冷たいのね」みたいな顔、しかしモイラだったら爪は出さずとも、やってのけているはず、で？　あれ、れ、……。

お腹空きすぎて食欲なかっただけ？　移動で食べていなかったからか？

出窓に丸まった姿勢からまず、ほほーという感じで猫は立ち上がり今度は短い背をぐーっと持ち上げる。お皿のにおいを確認するのかかくっと鼻を落とし、ふいにがうがうとかぶりついた。これは、意欲あるわ、……。

自然な食欲にはみえない、挑戦している感覚。がっついて見せても丸のみとかしないでも、少しだけど、この人チーズ系ならいけるのかも。じゃあキドナ腎臓食でミルク系だからそれで良いのかも。いや？

というわけでもないのかも、がうがうはするのだがつついてるだけだから。その様子は最初の頃、ドーラが冬の公園なのに冷たい猫缶を三個立て続けに平らげたときと妙に似て来ていた。「食べるわ、だって食べないとあなた悲しむでしょう？　ほら、私今からあなたのくれるご飯を、がんばって気に入ってあげるんだから」。そうか、そうか、いてくれるのだここに。

ピジョンはどう見ても長年の一匹飼いの室内猫だった。老猫なのに子猫ぽい頼り無さがあり、人間は自分の言うことを聞くと信じ込んでずっと平然と可愛くしている。しかし猫シェルターでわざわざ反抗して親切な人々を困らせていた猫が、なぜいきなりここで落ちついたのか。しかもいきなり、努力してるじゃんか。というとまるで私が猫に好かれる達人のようだがそれは違う。

なんと言っても今まで大量にいた猫がここにはいないのである、理由は多分そこ。そして不満さえなければ、ピジョンは理想的な飼い猫と言える。他猫さえいなければ。

シェルターはおそらくそこを判ってこの単身高齢者に渡してくれたのだ。つまり普通ならもう年だしずっとシェルターに置いておく猫のはず。しかしあの猫嫌いである。一方、ここならば何よりも一匹飼いだそれに多分、「この人ちょっと変わっているけれど約束は守りそう」とか思われている。なおかつ、何かまずければすぐに取り返せるという、契約書をとっていった。

ふたりきりになって一層細かく見ると、茶虎ではあるものの猫は本当にモイラとあちこち違っていた。しかし結局、体型は真逆でも共通の爺っぽさと、ちょっと三の線が入った可愛らしさ、むっくりした大きな鼻眼光鋭い目、さらに染まってなさ、というものが同じだった。

モイラはちょっと斜視だったが顔の作りというか配置が端正で、鼻は高いけど大きすぎなかった。しかしピジョンは目と目の間が離れていて目玉が飛び出そう、顔つきがシンガプーラとかそういう猫に似ていた。その上にどう見ても顎のかみあわせに問題があった。

顔の下半分がベティさんのほっぺのように垂れ下がっている。受ける下顎だけが狐のように細い。嚙みあわせが悪ければ歯の劣化は早い、シェルターに来てからは歯の治療もしてもらっていたという。その他に鼻の穴も横に広がっていて大きく、ふんっ、と言っている。と、書いてしまうとひどいようだが、私は特別な魅力の猫と感じていた。そう、そう、……。書類をまとめながらこの猫は気品があり、王族のようだと猫の女神は、正直にしかし少し躊躇しながらも繰り返し告げた。実際造形はあちこち変なのだが、見ないではいられない気品があった。

「お館様は、ジョン様は大変わがままなので出来るだけそのわがままを聞いてあげてください」、「いつもずーっと、一緒にいてあげてください」と、本当は手元に置きたいのだろう。

肉球もモイラは日本猫らしかったがピジョンは私が見たことのないロケット型だった。検索してそういう名前の肉球があると私はそこで知った。その他？

モイラには気品があったのだ、と今さらながら認識した。

猫を慣れさせるためには最初はあまり構ってはいけない。なんでも好きなものを与えてなおかつ、こっちは干渉しないで好きなようにさせる、そうしていたら信用してくれるし落ちついてくれる、と何かで学んだ。それでモイラにもルウルウにも私はそうしたのだ。ていうか、ただもうただただもうピジョンを貰いたいがために私は今朝まで、ありとあらゆる買い出し、掃除、しかもさっきまで、面接、手続き、をしていたのだ。今からは無論、二階のネット張り替えにかかるお金を確保するための執筆等をしなくてはならず、それもずっとがんばっていたのである。疲れていた。なのでふと二階に上がって体にいいベッドの上でついつい一時間眠ってしまった。

するとその起き抜け、絶望し恐怖で叫んでいた。「貰えなかったのだ、一瞬の差で」という夢を見ていたから、……ジョン様里親決定、の文字が夢の中のネット画面で踊っていて私は、ぐうううと唸って起きてから一分程意識が空白であった。そして、気が付いてみたら、……違うよ、違う。

モラッタンダ、モラッタタラ、モラッタンダ、モイラ！　あれうちの子。あれ、あれ？　あれそうだそして、ああなんか雌だったんだ。名前はジョン様だ。現実に戻り、……めざめると結局は冷静で凍結した心になっていた。

「そうそう」とか言いながら気を引き締めて下に下りていった。腎臓悪いんだよ、この子。老けたベティさんはまだ出窓でちんまりちんまりしていて、残っていたチーズはもうひとかけらだけ舐めてあったけどしきりに「お父さんは？」と言い始めていた。

私はまだその単語を知らなかった。帰りたいのか、シェルターにか？　とまだその言葉（お父さん）を知らないせいでどきっとした。猫が違和感を訴えている、「ここ、嫌？　ここ、嫌い？」だって女神に懐いていたし。だめだ、でも一緒にいないと駄目だよ、だってシェルターにはもう新しい遠い県から保護されて来る可哀相な茶虎が今日の夕方から来て入れ代わりになっているのだから（と説得これは嘘ではなく）。

なのに猫は訴える。「お父さんは？」、「お父さんは？」見ると猫の毛が何かぺったりしてきている。髭も下向きになりつつある。しかし、……。

そうとも、ご飯をあげてかまわないで後は、なんでも好きなようにさせる。そうすれば落ちつくから。なのでまず、「ほら、こんなにシーバ買ってあるから、ほら」と言ってみた。猫はたちまちぷっ、と横を向いた。でもそれは服従のサインだと聞いたことがある。

そう言えば私は、キャトにあったばかりの頃も、「ほら、ご飯こんなに」とか言っていてオヤジくさかった。大きい箱入りのとろみシーバ五種類の山を、ぺんぺん叩く私、一方相手方は？

出窓からモイラの目ですっと下りてきた。老猫に思えない鋭い動き。「ほら、これ飲むでしょ」と何の躊躇もなくさっき汲んでおいた水を飲んでいる。しかし多飲ですらないのだよ、慢性腎不全ステージ三なのに。

私はもう他に一切やる事がないという感じで、猫缶を開けていた。猫はなんだか素直によって来た。尻尾の動きがフリルのよう、スーバラ・シッポ。え？　なんで？　もう尻尾上げているよ！　慣れるのに三ヵ月かかったとか聞いてなかったか、ちっぽ。その短さと形にうっとりする私。

「の、延びてもそれだけなの、す、すごいね」、ほめているのだよ、なのに、「だから何」という顔で、猫は見ていた。私は？　あ、軽く見られたと一安心した。こいつはなんでも言うこと聞くと猫に思われている。そうそう、怖くないんだよ、ここ、定着してねお願い。

ピジョンはその時もきっと、おそらく「お父さん、まだなの」とか言いはじめていたと思う。そして今思えばこの素晴らしいしっぽ、スーバラ・シッポの長さも形も、この運命がなければ私は知らなかったのだ。何も知らずに私はピジョンを飼うことに決めて迎えていた。

この、しっぽ、ちっぽ、スーバラ・シッポというのは、昔室井光広さんが使っていた東北弁のおいなしっぽ、という単語から連想したらついつい自然に出てきた言葉だった。むろん、おいなしっぽ、は「役立たず」とか言う意味で、猫とは関係ない言葉である。

さて、こうして私は――食べている猫を見る、横になってのぞき込む。小さい爪先、ぷにぷにの指が並んで足先の白髪が、はみ出している、ツメ伸びているよ？　ヒゲから汁が垂れるよ？　邪魔しないように少しずつ身を引きつつ結局、じっとみている。

「お父さん、シーバ、お父さん、シーバ」、「ピジョン、スーバラ・シッポ、ピジョン」、会話は食い違いながら必死の時間。

トイレは近くに置いた位置のをもう使ってあった。つまり私がうなされている間も、出窓からおりたりあがったりしていたということなのだ。ところがこの尿も見たところまったく正常な分量で慢性腎不全のものではない。トイレはギドウのを洗って使っていた。しかし中は木砂から紙砂に変えていた。どんなトイレでもちゃんと出来るとまで言われていた。本当に汚さない。爪研ぎもこの子はきちんと使うと女神が言ったように、今まで他の場所で研いだことはない。家の壁紙の剝がれはすべてドーラの仕事で永久保存になっている。

しかしこの時もうピジョンは私にトイレの位置を変えさせようと画策していたのだ。

私がソファ横に置いたそれを片づけていると、ピジョンは「うー」と鳴いて元の、モイラのトイレのあったところに行こうとした。最初はむろん、通じなかった。何かを切実に訴える猫「おや、間違えているのかな、ね、トイレここ、ほらトイレ……」、言えば素直に、おとなしくそこにする、が。

とうとうある日、置いてあった新聞紙の横にずっとするようになる。それはモイラが一年かかってやっと覚えた場所だ。私が悪かった、リサイクルのものを全部片づけて、一個置いてみた、すると翌日は覚えた当座のモイラと同じように、ちゃんと反対向きに尻を出して、失敗した。二個並べてみた。それから二年、きれいに使っている。ところでシーバだが。まあ今は完全に飽きていて見向きもせず、ギドウとまったく同じものを食べている、カリカリは医者のではなくても腎臓配慮、リン極小の品。しかし当日と来たら、シーバ、シーバあるのみ。

零時までに四缶、早朝までに二缶、最初の三缶はほぼ全部平らげた。後はカラカラに汁だけ舐めてあった。つまり食べないで入院ということは免れそうである。私は安心し途中からはレンジアレンという腎臓のサプリメントを混ぜてしまった。猫の一般食にまぜると、腎臓に悪いリンを吸収しなくなる。夜二回、シェルターにメールした。起きて深夜二時頃までずっと様子を見ていた。それから一緒に寝た。

持ってきた猫ベッドは一階のソファベッドの上にのせておいた。しかし猫はずっとひとり掛けのソファ上にいてどういうわけか？　なかなか寝ない。丸まったりして位置を変えている。一緒に寝るのが良い？

このソファベッドで一晩まともに寝るとなぜか後でリウマチが悪くなり、三日続けると左足から立てなくなってしまうのだけれど一時と思い、横になった。すると「あ、寝るでしょ、ほら、寝るでしょ」と言ってピジョンはフリルのちっぽでとっとと走ってきた。そういうところは今までの猫と同じだった。伴侶猫はすぐに、「あ、寝るでしょ」と言って走ってくる。脇腹の横に来る。それがたちまちである。ピジョンも淡々と人の手を舐める。それはギドウと比べると、事務的である、だったらお仕事なの？「消毒よ、消毒」。

その日猫がずっと私を舐め続けたため、私は結局寝られなくてたびたび上体を起こしてしまった。だがそうなるとたちまち、頭をぐぅーんと下げて突撃して来る。しかし猫ってこんな事するのであろうか？　ていうかこれは猫なのか、というか猫相撲なのか？　丸太で突かれているような凄い頭突き、さらに尻尾攻撃、このすごい筋肉ちっぽを尖らせておいて、人の腹に突き刺してさらにぐりぐりと回す。向きを変えてまたやる。この時眼光炯々。しかしやがてふいに、「ほら終わったから」というぅ尻向けが来て、ここで尻尾ごとやおら自分のベッドに入るのである。私は少し寝る位置をずらしてそのベッドを抱っこ出来るようにして横になってみた。意識が楽になりしばらくしたら、……。

また頭突きで起こされた？　足元にピジョンがいて私は目を覚まし上体を起こしていた、実は絶対に痛くないようにうまいこと噛む猫だったのだが、あるいはそうしたのか？　ところで、その時猫は苦手な位置のトイレを使ってきたようだった。

それで顔があうとたちまち「ごろにゃん」と言う。私が上体を起こしたからには、当然頭をぐーっと下げてまた頭突きに来る。あまりの筋力にこっちはこける。「弾丸のようだね」とお腹を触ってみると平気で触られているがその腹筋も弾丸。さらに体の向きを変えてまたちっぽで押して来る。実に単調な「鋼鉄のちっぽ」。そっくり返っている短い鉤を私の脆弱な腹にぎゅんと引っかけて、ひとり合点で先端をぐんぐん回している。回しおえると、「ね、ね」と言いながらたちまちまた、消毒をしてくる（眼光炯々）。

前猫達は絆は強くてもいちいちいちいち、こんな事はしなかった。というかこれは猫なのか？　猫にしてはあまりにもべたべたしすぎではないか？　これでは、今まで猫を飼っていたものにさえも対応が判らない。というか、或いは、……。

前の猫こそ変なのか、しかしああいう猫だけが私の猫だった。野性の墓地野良系、池袋ボス野良系、公園の猛猫系、人間を信じないからこそしたたかにいい顔もして生き延びてきた。しかしある日人と猫との一線を越えて、こっちにやってきた。それはたまたま猫だったにすぎない盟友たち。でもこいつはなんなんだ、初日からこうなのか、……。

仕方ないので軽く猫の頭を撫でて意識朦朧としながら「可愛いですねー」とか他人行儀な事を言ってみた。すると、向こうは自信満々で「ぐぅうーる、ぬぅああーん」と答えて足をぐっと延ばし、その上にまだもったいぶったように、その長すぎる足をこっちに向けて差し上げながら「ね、ね、ほら帰ってきたでしょ」と言い始めた。しかし程なくやはり何か少し違和感があるような顔つきになって、……。

「あら、でも本当にそうなのかしら」と、いろいろ気取ってから、またお父さんのベッドに戻っていった。

何度もおそらく起こされてその、行ったり来たりにずーっと付き合った。しんどい。むろん猫なんてものはいればしんどいに決まっている。が、……。

ここで寝ると疲れるはずなのに、いつしか全ての凝りと痛みが消え果てていた。家にも空気にも呼吸と血の流れがもどっていた。時計の音は辛くなく水道の水は痛ましくなく、――モイラ戻ってきたねでももう、今はピジョンだからそうは呼ばないけど。

翌朝、もし今から数日で急激に老化してこの猫が死んでも、さらにその後すぐに自分も死んだとしても、でもそれでいい、多分両者は幸福だ他に選択肢などない、といきなり思っていた。十一月になってすぐ動物病院に連れていった。それから幸福にして苦難という一年があった。

キャリーに入れることは楽であった。お医者さんに褒められるギドウでもこんなに簡単には入らなかった。飼い主にはてんで油断している。しかし車に乗せて出発したとたんに、ギャアギャア鳴き始めて、というか殺される、殺される、と叫びはじめた。病院に行くとたまたま角度が良くて、お医者さんからも看護師さんからも「まあ可愛いお顔」と絶賛して貰えた。その時一瞬、猫はぼーっとしていた。が、しばらくして待合室にまで（その病院には、ドーラの最後からギドウの長期治療まで通いつづけたはずだが）、私がそこでは、ただの一度も聞いたことのない凄まじい大音声が響き始めた。それはたしかに猫の声だが、昔のアメリカのアニメに出てくる女性の叫び声を思わせるものだった。

居合わせた人々はすべて驚愕し、診察室の窓ガラスを覗き込んだ。結局最初にピジョンを見てくれたお医者さんはピジョンをNGにした。やがて大きい病院なのだがたったひとりだけしか見てくれないようになった。というか、あまり無理な治療をすると心臓に負担がかかりショックで死ぬだろうからと言われたのだし、ペットホテルなども断られた。要するに、……。

「お家が好き」なのだ。なにがなんでも家にいたいのだ死んでもいたいのだ。この猫にはここしかいたい所がないと私は納得した。

しかしそこからほぼ一年、心配のみの日々になってしまった。

10
猫沼《ねこにおぼれて》

クレアチニンの数値だけがふいに上がっている、このパターンだと猫の難病伝染性腹膜炎（ＦＩＰ）のケースもある最悪後半年で死ぬ、と連れていくや否やいわれてしまった。たちまちすーっと絶望し真っ青になり、泣きながらと言っても、すぐ泣き止んだ。そもそも慢性腎不全の看病が始まっているのだから開きなおるしかない。しかしでも、ＦＩＰである。死んだ後の部屋を消毒して、その後半年は猫を入れないというあのＦＩＰ、すると？

私の心はちゃんと凍結した。絶対、大丈夫、ていうかこんなの平気、何も感じない、私って結局「冷たいから」最善を尽くすだけよとかなんとか、つまり完全に変になった心で自分に言い聞かせながらする事は結局、検索と相談。つまり、「どうしてうちだけ」、「私は難病なのに猫までクジ運これかよ」と言ってる場合ではないという事。病的能天気になって神棚に向かい祈る。猫女神含めあちこちに相談してまず、ギドウに効いた猫名人伝授の漢方薬を投与するとこいつはひたすら吐く、がっかりして止める。腎臓の薬だけ真面目に投薬し、食べさせる方優先。だが食事療法も出来るだけする……。

二ヵ月後猫は太ってきて食欲が出てきていた。クレアチニンは据え置きのまま、レンジアレンというサプリの効果でBUNがよくなり40を切ってきた。そして腹膜炎の方も「ああ、太ってきたのなら違いますよ」と言われて（もっと早く言ってよ！）、ほっとした束の間、……。

問題のクレアチニンが3.9からふいに4.7にあがってしまった。この数値は末期が5以上、その手前である。しかしどんな症状もまったく出ていない、だけど最悪はあと半年で死にますよとまた言われてまた泣く。が、がんばって心をうまいこと凍結して結局は検索、猫名人にも相談。腎臓の薬は来た時から飲んでいた。医者の提案をうけるならばこのような場合は輸液が正解らしい、ので毎週往診に来てもらいその時必死で習う。すると鶏肉で練習していて間違えて自分の手を突くこと始終、私はフルメタル・ジャケットのおデブさんではあるが、リウマチにかすみ目ではなかなか刺しにくい。

家は車がないから病院に毎日通うとタクシー代だけで一ヵ月十五万円になる。しかしこの点滴は最後一日二回になるはずで、往診なら？　うーむ、ぜったいに習わないと……。

別に猫のためなのだそんなもの必死で払えばいいわけなのだが、しかし、……。

どういうわけか、点滴をすると猫はすぐ吐いて何も食べなくなりどんどん痩せあっという間に三キロを切ってしまった。またしても検索で探した論文を見て、いくらクレアチニンが高いからといって、まだ脱水していない猫に点滴をすると心臓に負担になるというのを見付けて止めた（と医者は冷たい飼主と思って怒ったようであった）。しかすると脱水どころか毛艶がよく走り回っていて、点滴しなければ元の体調だ。つまりリンもカリウムも正常でただ、クレアチニンだけ高い。ここからは保坂和志氏に聞いて薬を新薬のラプロスに変えた。無事に一年経って、（途中、数字は変な上がり下がりを繰り返したが）結局クレアチニンは3.5になった。つまりシェルターで図った数値を下回ったのだ。そこで初めて女神からほっとしましたと言われ、ところが次は——耳が垂れてきた。これはアレルギーらしく、埃だったら自分の責任だと思ったが、蛋白質らしい（というのは成分がアミノ酸中心のキドナを少しでも食べさせると良くなるので）、そう言えば、来てすぐ一度マラセチアにかかったがこれも元々免疫力が弱いせいらしい。ところでこの耳がまるでスコティッシユのように見えて可愛いわけだが、でも絶対に駄目だ！

耳の垂れは放置して耳血腫のようになると嫌なので人間の専門医と相談したら、猫なら軟骨の炎症ではないかと教えられた。一方獣医師は命に別状のない事は重要視しない。なので、自己責任でやってくれと言われながらステロイドを使った。これであっという間に耳の垂れは止まったが副作用で耳の先の毛が剝げてきた。骨にあちこち奇形もある事だし耳が垂れやすいのは生まれつき軟骨が薄いからではないかと、人間の医者と猫の医者の両方から言われた。今はなんのかんので投薬一日三回、しかし飼い主に逆らわない猫の投薬なので可哀相ではあるが、比較的楽だ（でも時々薬がぽろんと落ちている、これがステロイドだと夕方にはもうてきめんに、耳が垂れてくる）。

ちなみに診療でブチ切れるのはこれも猫名人に貰った鎮静用の漢方薬を当日服用、これである程度（ほんの少し）ましになった。しかし、やはり騒ぐので検査の回数などもあまりしない方がと言われるようになった。すでに右の腰にあるピンクのお団子は良性でしょう、様子をみましょうと言われていた（その時点はネット画像の基底細胞腫そっくりで色も形も穏健しかし実は……）。それでもこれだけはまあ運が強いと思い込んでいたら、最近なんとこのお団子が少し腫れてきた。

最初はお団子というよりハート型の小さいピンク色の飴のようだった。しかし今はつやけしの薄赤いコートのぼたんのよう、白い小さい瘡蓋が少しだけ付いていて、谷崎だったら毎日拝んで舐めるだろう。

この前そのお団子の皮が破れた、しかし悪性のものの、いわゆる自壊とか言われる恐ろしいのとは違うと思い込んでいて、多分外傷のせいで少し血が出た。治るまでは心配でなぜ最初に切除しておかなかったと言って自分を延々と責めはじめた。ところがよく考えたら当時でも一番若く見積もっても十一歳なのだ。要するに（医者に告げられた）麻酔リスクがあった。で？それは二日で治ったはずであった。

要するになんというか病気続きである。しかし、いなかったら嫌だ自分より大切だし。とはいうものの……。

なんで猫がいないと困るのだ私は、しかし猫がいなければどうしようもないだろう？

幸福なんて未来をしらない馬鹿な一時期の錯覚に過ぎないのか？　と思う程の二年間に、そもそも猫の横で裁判まで起こっていた。それでも三日無事だったら「自分ほど幸福なものはない」とつい思ってしまっていた。そして朝でも晩でも猫が小康で食べ物がうまかったら、「ああ、生きていて良かったっ」と大声で言っていた。自分で作った汁物の出汁が全身に浸透するだの煮物に刻み込んだ国産レモンがうまいとかそんな事だけで。

最初は猫のために買ったはずの家さえも今では自分の隠れ里に変成している（だが猫抜きではダメなのだ）。

獣のように幸福にその日を生きる。それが一番簡単な私を殺そうとする者たちへの抵抗だとも思う。

とはいえ飲酒可能なのも一年数回、それでも毎日温泉（入浴剤）気分、けしてピカピカではない家の風呂に入って、出てくると、ガス台や調理台には、地場食材主体の手（抜き）料理が「並んでいる」天国。これを「誰かが作ってくれた、しかしこの家族用の家には誰もいないね」などと自然と思い違えて暮らしている。例えば、民話なんかで、……。

山奥の知らない村に入っていったら、誰もいないきれいな座敷があって、お風呂が沸いていて鉄瓶も鳴っていて、温かい料理が並んでいる。まあその後に普通は、そこのお碗を一個勝手に持って返ってきたら自然と長者になって、というような話が続くわけだけれど。しかしそれは本物の隠れ里であり、うちのはごっこなので、ただもう、ただただもう、住宅ローンの期日がやって来るだけだ。とはいうものの、……。

要するにそのような栄耀栄華の横で。

取り敢えず猫は生きている。むろん芸はしないよいしょもしない。それどころか猫自身の飯はもう済んでいるのに、心尽くしでずーっと私の邪魔をしてくれる。

言うまでもなく、それは最大の歓待であり、その無事は私にとって独自の歌舞音曲、そう、邪魔さえも素晴らしい生命の一人宴会である。かつて、……。

ドーラは仕事と睡眠と音楽鑑賞の妨害、ギドウは読書、特に新聞雑誌の妨害を専らにしていた。上に乗ってころがる、その紙を齧る、……ただしギドウは、ワープロだけはずっと応援してくれた。打っている私の背中に全身をくっつけて時々はごろごろと喉を鳴らしたり。そしてルウルウはというと（弱いくせに）他の猫をかまうと全身で抵抗した。ドーラを呼ぶと必ず、甘い声で返事した（で、モイラは？）。

モイラは私がいると後ろに来ていたが、邪魔はしなかった。口の贅沢な、気品ある野生の短足猫は、私とのそれとない友好関係を、実は後側から常にはかっていたのである。そりゃあモイラだって確かに布類にきっちり一年間おしっこをしたし、すべての本を齧るどころではなく徹底破壊する等、その他にも困る事をいろいろした、しかし意図的な邪魔は一切しなかった。例えばギドウが新聞や雑誌を齧るのはそれを私が見ている間だけだ。しかしモイラは本を独立した物質として追求し、私がいようがいまいが齧り抜くのである。

もしそんな彼女がもう少し長く生きてくれたとしたら、恐らく今頃モイラは私の後ろにいて、後ろから頭突きをし或いは私の履いているスリッパを齧るところまでの関係に深まっていたのではないだろうか。猫のお邪魔行為、それは愛と関係の確認。しかし、それはかなわないまま逝ってしまった。でも今はピジョンがいる。

ところでピジョンだが、まあ、全部の邪魔をする。ひとりですべての猫をかねていると言える。「全員戻ってきた」と感じられる程に。

こちらは朝から晩まで抱っこ抱っこで、猫が熟睡する数時間にやっと自分も寝ているわけだ。

パソコンの用も執筆も呼ばれたら止まる。そもそも抱っことといったって膝の上ではない。横抱きにして顔を付けたりして、ずっと撫でていなければならないアグレッシブ抱っこなのだ。そのままブラシ櫛かけに移行してくれれば、むしろ楽というような面倒くさい抱っこである。しかもこのブラシ櫛かけも毎晩毎晩で延々、異様に気持ちよさそうな寝姿なので絶対止められないが、こっちは難病と裁判で吐き気と眠気の中を泳ぎつつぎりぎり応えている。

その上で猫めはあえて膝の上に乗せるとがんがん下りて、下りてからまた抱っこ、抱っこ。朝から晩まですくい上げていなければならない抱っこやろう、毎日体重を計るのだがその時間になると鳴いて寄ってくるわけで。またまた抱っこして体重計に乗せる。階段も高いところも(自分で上がれるくせに) ハッスル以外は抱っこで上がりたがる。時々方角など分からなくなるが抱っこされて、それで思い出す。

毛布一枚かけるのでも前の猫だとくるんと巻いたら一度で素直に寝た。ところがこいつは時に十回もやり直させる。その日によってふわりと掛けないと駄目とか、三角の形にくるまないと駄目とか、気に入らないとなんどでも絶叫して出てくる。時には毛布の中に一緒に頭を突っ込んでやらないと寝ない。さらにその他の要求が猫草とお外である。というのもご飯やトイレや空調の要求なら私はまず忘れないからだ。つまり草というのはたまに少々食べれば良いもので、中には与えなくて良いという医者さえいる。

ところがピジョンは猫草を一日一鉢食べたいのだ。そこで適切に吐かせるため、量の制限をかける。しかしそうするとこいつは、今度は質を選んでくるのである（特上の一口を）。例えばある日の事、……。

猫は冬のススキの根元に一本だけ残っていた青い部分の、芯のところに隠されていた柔らかい緑を気に入ってしまう。というのもある朝この絶叫やろうが庭でわおわお鳴くから私が寒いのに付いて出てみると、……。

猫はすべて枯れた後のこの植物の根方を鼻でつついて「剝いてくれ」と来た。見ていて言葉が分かるからつい剝いてやった。すると完全に枯れているというわけではなく、しかもやわらかい青味が残っている。緑の匂いで猫はすぐ寄ってきた。「あら、やっと判ってきたわね、それではこれのお代わりを」って、断ると、「お父さん、お父さん！」。真冬にススキの枯れた根を千切って剝いている私、でも他のを剝くと結局どれも中まで枯れている。ていうか、はずればっかりだ。

奴隷なのか私は？　いや、ここは人間の世界ではないから。

だってここには罵声も命令も侮辱も監視もない、食卓で給仕をしなくてもいいし、言葉尻を捕らえられて泣くまで追求されなくてもいい、自分の領域があり、それが私の国家である。しかも孤独はなく言語があり、仲間が、猫がいる。要するに猫と私にはここが天下であり、生きている限りこの反グローバリズムの辺境の中ただひたすら自分勝手にしていくだけである。この嫌な世の中にそれこそが抵抗だ。

国家の枠を越えてミクロにまで行き渡り全てを苦しめる、ネオリベラリズム、ささやかな幸福はすべて許されず、見えないように、見えないように、地球は干からびていく。

お菓子は昔と同じ値段で小さくなり、賃金は下がる。

打ち続く災害にインフラまで脅かされ首都圏だと思っていた千葉県民はまるで、フランス革命前夜のように自分達の没落をひしひしと感じつつ次の災害に怯えている。

ふと気付くと海外派兵を戦争と呼ばない国になっている。かつて、というか二十年も前から文芸誌の片隅で私が戦っていたインチキ言語は今はもう日本を覆い尽くし、閣議決定と国会にまで平然と使用されている。今は戦前のようにもうなっているのかも。

とはいえそれでも、締め切って曇ったガラス越しに外を見ているとここは変わらない。私がまだ完全に絶望していないのは、それでもまだ望みが少しでもあるからだ。例えば日米ＦＴＡの第二ステージが来ていないからだ。不確定だが、まだやり方があるという情報、なので出来る事をするだけ。だって個人で難病と裁判を抱えているのである。同病の仲間がむろん心配ではあるが、根本けして誰かのためにだけ戦うのではない。つまり、中心は猫と自分のため、ピジョンの丈高い柔らかい背中のため。手の中でそっくり返っているちっぽの骨のため。

ピジョンがいなかった時、どうしていたのか、今はもう、体では思い出せない。ただ地獄がきつかったとか動けなかったとか言葉で示せるだけ、そこに戻るという事はもう出来ない。呼吸がまた始まってただ続いている。

夢のよう、という言い方がある。だけど私は今までの人生が全部夢で、しかしまた元の夢の中に戻っていったのだ。それはいつかはやはり失うものである。しかし最終的にはまたそこに帰るのだ。私の猫沼に。

そうそう、ひとつのエピソードを書くのを忘れていた。ここに書いておく。

ピジョンが動物病院に通いはじめて丁度一年目の十一月、午後の診察で待ち時間が長く、帰りが暗くなったとき、いつも、猫は行き道絶叫し抜いて帰る時は（帰れると知って）黙っている。普段は二十分も掛からない道のりである。ところがその日は珍しく渋滞してしまった。すると帰り道なのにピジョンは鳴くのである。それも非常に分かりやすい鳴き方で、渋滞で止まると、怒ってすごむのだ。が、進むと黙るのだ。ちょっとない程遅れ二時間近くかかって、家に着いた。すると今度は異様に可愛い声でピーピー鳴いている。おや、これ？

最初に家に来たときの「可愛い声」。

可哀相だけど、でも聞けて良かったと思った。つまりピジョンはやっと家に帰れると思った時にこの声で鳴くのだ。そして最初から、ここに来た時にも——この声で鳴いていた。

毎日手入れさせられる割りにはすぐに毛割れしてしまう老猫の背中、少々おとろえていても熱くてやわらかい、そのずぶずぶのふわとろに、ぜったいに重みをかけぬようにしながらふと気がつくと、私は顔を埋めている、猫はスツールにいて私は膝をついて、しかし。

これはけして自分からしているのではない。台所にいて両手が塞がっていたりしても猫が抱っこしろというから止むなく手を上へあげたまま猫を、自分の顔を使って撫でているうちにとうとう気持ち良くなってしまっただけで。

夕日のなかの草のように柔らかい金茶、生姜とシナモンと煮干しのようなにおいの粉っぽい温み、私はそこにひたすら沈んでいく。熱のある後光に溺れていく。そうしていると外の沼は頭の中で、後期印象派のような橙色や白の光のビーズに変わって伸縮し、揺れてもいる。結局この家は自分ために買っただけじゃないか、となんとなく後ろめたく思ってしまう。しかし猫がいなければこの家は家でなくなってしまう。どちらも本当だ。

ピジョンは今年一月で推定、十四歳または十六歳になった。相も変わらずでいつもやかましい。しかし、分離不安的なものは前に比べるとすごく減った。私は嵐の夜に仮死状態で生まれて、三月十六日が来れば、六十四歳になる。

11 猫続《あとがきではなく》

猫沼を十章で終える積もりだった。が、ゲラを待っているあいだにそうもいかなくなった。執筆に限らない。何かを終えて、或いは困難を乗り越えて、ほっとした瞬間猫は「やってのける」。これを書き加えずにいられないという出来事があった。というか生きている間、人は日常を終えることなど出来ないのだ。

だって猫というのはそういうものに決まっているのではないかと、私は思うしかない。そもそも連中は人が安心しようとしていると裏切ってくる。例えば長編が終わってほっとすると、いやそこでほっとしてはいけないのだ。もし私が何かを終えて安心するとたちまち、大切な猫に何か起こる。けして手を抜くなと生き物は教えてくる。

一瞬を怠れば危険になるそれは、注視を怠るなというだけではない。完全な幸福はこの世に無いことを叩きつけて来る。

しかしだからこそ人はほんの一瞬の幸福を永遠に感じるのだ。さらにはひとかけらの空想や捏造記憶を、生涯の宝にしてしまう権利を持つのである。

猫は、――「普通に」生きようとしたらショックを与えてくる。その一方で生涯、その猫の死後までも残る至福を、もたらしてくれる。

そういうわけでピジョンがくれた幸いの話をする。無論本人は元気である。安心して欲しい。至福とはなんだろう、猫とともに危機を乗り越えた一日である。

思い出すのは二〇〇六年の事それは二冊目の論争本が校了したとき、滅多に来ないよその猫が家のフェンスのすぐ側まで来て、ギドウが柵越しに喧嘩してしまった。幸いけがはなかったがしばらくは感染など心配であった。彼はここに来て十七年生きたがそれ以前もその後もこのようなケンカはただ一度だった。むろん、危機と言ったって死なずに済んだのだ。しかしその一方、……。

モイラなどある長編が完成してお祝いに行って、帰ってきた夜に突然死していた。解剖して調べたけれど予測不可能のものでどうしようもなかった。

それで？　ピジョンはどうなったのか？　さてこの生まれ変わりは強運にも、全身麻酔から無事立ち直って絶叫している。無論疾走も。

猫とは何だろう。例えば何かひとつ締め切りがある度に階段の上に置いた（縁まで水入りの）大バケツをひっくり返す、うんこを出し切れず全部転がして布団と階段になする、その程度の事は猫の通常運転。穏やかな無事な日常の範囲内である。

その猫の日、二月二十二日、私にはほっとして良いだけの十分な理由があった。経済と健康の困難について、無論まだまだ続くけれどそれでもひとつの山を乗り越えていたからだ。まず自分の心臓検査、心配されていた、動脈性肺高血圧も心臓弁膜症もなかったのだった。専門家が疑うほど消耗していたけれど、それはただ単に日常生活がここのところハードだったからだ。例えば裁判が続いていて、しかしこれは結論が出るまで何も一切書くことが出来ない。さらに、……。

昨年末三十代から書いていた雑誌に書くことを私は「自粛」せざるをえなくなってしまっていた。無論その他にも同じ版元でなくなってしまった仕事がいくつもあったため、私は小部数の本を立て続けに出してこれに対応した。というかそのためひとり書房や小さい出版社に印税の前借りをしようとして沢山の書き下ろし原稿を書く事になった。相手はすべて親切で何かあればすぐ早く払ってくれる事まで約束してくれた。本や食物もくれた。感謝あるのみだった。

そして、……まずひとつ大きい原稿が完成した。取りあえずこれで前借りすると？　うむ、するとしばらくでも経済も心臓も猫も無事になるというわけだ、ははっ！　読者が好意で無償でしてくれているファンサイトに、私はこれらを近況報告として投稿した、すぐにＵＰしてくださったのを確認して、ほっとして私はパソコンのある二階の部屋から一階の台所に下りていった。つまり……。

今からピジョンに謝りたっぷり抱っこもして、それから出してあるドライフードの横へ大きい猫缶を開け自分は風呂に入ると、吐き気も関節痛もそれで治まるはず。何よりもここのところこれ以上の精神的充足感はないという感じだった。とはいえその三日後には次の別の本の一冊分の校正締め切りがあるにはあるが、「そんなの大丈夫」。ところが……。

いつもの位置に丸まりしかし、ピジョンは眠ってなかった。と言っても唸ってもいない。ただ、「なぬ」という顔をしてそんなに困ってなく、というかいささか落ちつきは無いもののソファの上にはいて、ただしその布カバーには泥のような血が大量に飛び散っていた。毛にも点々と。——なんでこんな時にさえ猫はここまで可愛らしいのだろうと私は一瞬見とれてすぐ悲しくなりそれから一分焦り、その後は対策モードにつまり凍結した心でするべき事をするという態勢に入っていった（それがp16にあるお団子である、大変な事になってしまった）。

後から検索して腫瘍の決壊という言葉を知った。要するに潰れたのだ。それまでは良性と診断されていた。形もきれいで少しずつ大きくなってはいたが動作にひびくような場所でもないし本人も（疾走、絶叫）普通に暮らしていた。

この二年間ずっとそれは無事だった。というより私は油断していてそれがむしろ無事の印であるかのように思っていた。そもそも形がきれいであり自壊も出血もない「手術の年齢リスクもありますので、一応経過を見ましょう」と医師は言っていただけで。

その一方、前章のようにこの猫に関しては、むしろ次々来る死ぬかもしれない病気の克服に気を取られていた。それらがひとつひとつ克服された時、しかし、気がつくと人間の方は少ない仕事場のひとつを失いつつあった。修復のため、努力が続いていた。しかしそれも最初の困難な山をまず越えたのだ。一方、……。

同じ頃コロナが日本に入ってきた。疫病と不景気、目の前の危機に向かうしかない。しかも生活だけではなく裁判もあったし、共産党に請願し続けていた事もあった。(それは日本中の女性の危機を防ぐため)。つまりそれだけでせいいっぱい、……自分はコロナで真先に倒れそうだ。でも絶対に生き延びないとと思っていて、夢中で作品を仕上げていた。

しかしその横で結局今まで無事だったこのピジョンのお団子に二月の始め針で突いたような小さい疵が出来て、しかしすぐに塞がってはいた。外傷にしても二日でなおったので、私は自分の心臓も猫の腫瘍も運が強いと思った。ところがまた、というか今度はふいに。

だって「猫も私も結局無事でした、皆さんありがとう」、という読者への文章を確認しているうちにとうとうピジョンのお団子は潰れてしまったのだ。無論、猫はそれをせっせと舐めてこわしていた。なのでその時点たちまち腫瘍の大きさは半分になってしまっていた。しかしこの腫瘍はすぐに膨れて元の大きさになる。そして猫はおそらく放置しておけばこれをせっせとまた舐めて壊すはずで……。

徹夜のまま風呂も入ってないまま、深夜タクシーで医者に連れていった。猫は怯えたりせず、ただとっつかまえられてキャリーに入れられ激怒しただけだ。そんな中結局、こ、の、一、家族の運は強かった。丁度このあたりでは車が無くなる直前、それでもタクシーはなんとか来てくれたし、その上に親切、病院にも普段はなかなかいない深夜勤務の医者が詰めていてこの人も親切、無論、ピジョンは猛獣化してしまい、医師はそれでも平気で消毒や血止めをして止血剤もくれた。この量の出血で死ぬ事はないと言われて安心。しかしそこからは手術の相談である。「例えローンを組みましても」、日取りは三月末に。

出血から一ヵ月様子を見たのは老猫の全身麻酔が危険に決まっているから。カラーをつけて付きっ切り、「これで最後になるかもしれない時間」を設定しずっと一緒にいた。猫の望む事を出来るだけした。しかし今成功したという前提でだが思い返せば、その間ピジョンを消耗させてしまった。ただ本当に死なれたくなかったので。

前日までキャンセルしようという気持ちがあった。毎日が不安で、その結果恐怖の果てについに凍結してしまった心で手術に連れていった。術前検査の三月二十八日、佐倉市で最初のコロナ感染者が出た。猫にも感染するという話をその日、帰りのタクシーの中で教えられた。しかし猫から人には感染しないのだ。それについては武漢のウィルス研究所も世界で一匹だけ発症したフランスの猫を治療した獣医師もそう言っている。

他、二十歳越えの猫で腫瘍が決壊してしまった子などはもう手術出来ないと見なせば、傷口に当て布等して（生理ナプキンとかでも）あるいは猫の服を着せて血止めをして定期検査に通い最後まで温存する。但しこれは血が流れつづけるし、やはり猫本人が舐めて壊してしまう。無論それだと部屋の中は大変な事になるが家の場合そこはまったく平気だと思った。臭いも凄いと言うが生きていてほしい。どうせ猫のために買った家である。

手術については、当然元のシェルターにもお伺いを立てた。意外にも、猫の女神はした方が良いと勧めてくれ、お医者さんも麻酔のリスクについては悩むものの吸入式で点滴を確保しながら進めるからと、納得できる方針を示してくれた。それは飼い主がネットで検索して選ぼうと思っていた方法であった。そもそも注射式だけの麻酔では分量の調整が出来ず心配である。猫女神も「頼めば分量の調整がして貰えるはず」と賛成した。この方法は割高になるけれど結局死なれたら終わりであるから。

さて、しかしともかく一番の問題は年齢である。この時点でピジョンは十四、または十六歳。十四でも当然心配だが十六というのは危険かもしれない。元の飼い主に正確な年齢を問い合わせようにも既に亡くなっている。その他にも心配な事がいくつもあった。

もともと腎臓が悪いしアレルギーもある。麻酔の影響が残って悪化する可能性は肝臓にもある。

心配が高じて気がつくと次第に心が凍結し始めた。そんな中での支えは例の死の予知夢というのを見ていない事、家の荒神様が止めなかった事。というか何よりもピジョンの生命力と猛獣ぶりにかけたのである。例えば夜中に私を叩き起こして一口だけキドナをつくらせるその迫力に。しかし最終的には神棚に祈るしかない。

前日の絶食もかわいそうだった。普段はなかなか食べないのにこんなときだけは欲しがるのである。さて、……。

その日のうちにピジョンはたちまち元気一杯で戻ってきた。というかもし麻酔から覚めたときに元気なかったら静脈点滴で腎臓の悪化をくい止めるという話だったのにすぐ電話があり、起きるや否や猛獣化していてとてもここには置いておけないというので引き取りにいった。

私が病院の扉を開けるとたちまち、待合室を脅かす絶叫と威嚇が聞こえてきた。診察室に入ると唸りも高まっていく。というのは定期検査の時のいつものパターンである。むろん私をみるとたちまち豹変、猫を被るのだ。猫は透明な小さいカラーをされて、傷口を七針縫われていた。毛は片身の半分以上を剃られていた。で?

「ぐわあ、ごごごごご」、の最後のご、がもうごろにゃーんの、ご、になっていた。帰ってきてもただ一回はーっ、と言っただけ。後はゴロにゃんからの絶叫疾走。たちまちご飯寄越せと言ってくるがそれは翌日でないと、絶対禁止である。水一口さえも危険なので深夜まではあげられない。「沢山飲ませてはダメです」。と医者が言っていた。が、……。ごはーん、ドドドドド、ごはーん、ダダダダダダ。ところがなぜか静止しているときの表情が「淑やか」としかいいようがない。おそらくそれは麻酔の影響である。

その後しばらくは時々体重が三キロを切った。

食べさせる事と過激な運動をさせない事で乗り切るしかなかった。直後は喉をくぷくぷ言わせて気管に何か起こったかと心配になったが、たまたま出てきた（自分でも忘れていた）二年前のメモを見たら、最も体調最悪の時にもそうなっていた。

コロナの最中、それはけして不要不急ではない手術だった。

病院は換気され職員は髪を纏めていて、会計にはビニールカーテンがかけられていた。すべて緊迫した中でも患部はきれいに切り取られた。出来るだけ短時間でとお願いしていた。戻ってきてくれた、それが一番。

腫瘍は検査の結果低悪性の末梢神経鞘腫という猫には非常に稀なものだと判った。実際調べても調べても殆ど症例がない。遠隔転移はしないが、再発は多い。一見形が整っているので良性腫瘍に見える。しかしそれはみかけだけ、怖いものであった。

手術からもう四ヵ月経つが再発はしていない。体重はほぼ戻った。そもそも少し老けてきた？　と思っているとたちまち絶叫、最近疾走に少し勢いがない。とはいえこの年齢にしては異様に元気である。

コロナの方は世界全体はともかく、現政権の殺民政策により、国内がどんどんひどくなって来る。佐倉市も通勤圏内なので次第に感染者の数が増えてくる。危機というか恐怖の中で閉じこもって暮らす。その一方昼カラオケでクラスターなどという事態が近隣では起こっていた。未来が見えない時代、ただ目の前を乗り越えて生き延びるだけなのか？　無論政権が倒れる事に希望はあった。というかほぼそれだけだ。

ところでこの手術によって私はひとつの捏造記憶を得た。

ピジョンがもう落ち着き私もやっと危機を脱した六月頃、それは妙に爽やかな日、いつからか時間が止まっていた。そのせいか一日体調も良かった。猫はしかし、——。

例によって喧しく朝から窓を見て絶叫ドアを開けさせて室内を徘徊、結局こっちは夕方にくたびれ果てて、その時、……。

月が出てきたのか風が吹いていたのかした時、ふいに、私は思ったのだ。「ああ、ここにこの猫と来てからもう二十年がたった」と、無論、嘘である。

あり得ない。しかし、……。
拾った茶虎三匹とドーラを飼うために私はここに越した。四匹いたのである。それがどういうわけか今一匹になっているしかし前よりもうるさい。つまり前のが全部、ぼとん、ぼとんとこいつの中にはまり込んで貯金になってそっくり詰まっている。

と言っても正直ピジョンはあまりにも猫らしい猫で前の人間のようにこちらの心配をする盟友たちとは感触が違っていた。猫らしいと言えばそうなのだが猫という種族しか感じさせないのだ。でもその日だけは、……。

その日一日だけの捏造記憶ではある。しかしモイラの生まれ代わりと感じたこのピジョンの中に全部の茶虎が、ギドウ、ルウルウまでもが内蔵されているように私は感じていたのだった。保坂和志氏がどこかに書いていた、猫を「猫全体」と捕らえるような感じ方に、危機の中で私は入っていったのだ。私にとって一匹の猫が誰かの後継であるとはこういう事ではないかと。そう言えばそうなのだ。

一番側にいた猫、ドーラが死んだ後、一階にギドウが「残っていた」。

大震災があって原発が壊れた。
経済も世相も崩れていくなかで私は大学に行き、気がついたらギドウはドーラの位置を占めて、……。

それでドーラが消える事はないいつもその個性を思い出す。一緒にいた日々は細部まで残っている。しかしドーラさえもそう言えばキャトの後継だ。猫が次々と後継されていく、危機の時も悲しみを越えて夢中で生きているうち蘇っている、生まれ変わっている。疫病は不幸だし手術も災難だ。でも自分は乗り越えて今ここにいる。目の前の生きているものが大切。そう思って振り返るとなんと……。

この茶虎の中にドーラさえも入っていた。声音と、気性と「お父さん」と言ってくるこのまなざし。

十代、いつもなんとかして家から出たかった。しかし一歩でも用無く外に出る事は禁じられていた。二十四時間せせら笑われ監視され批判された。何か理由をこしらえても外にいられるのは五分、どうせ家に戻るしかなかったのに天気のいい夜程外に出たかった。どこに行くことも禁止だった。

それでも週一の英語塾は夕方で、外に出られた。帰るときには月が浮かんでいた。夜は危険なので、私は他の生徒の後をついて帰ってくる。しかしそんな時でも私はひとりでいたがった。外へ出る事がまず禁止の家、……。

どこに行きたかった？　どこかに、それはどこ？

ここに来たかった。自分の家を探してさ迷っていた。
まだみぬ家族を求めてそれは、キャト、ドーラ、ギドウ、モイラ、ルウルウ、今は？
ピジョンといる。この子はどういう子？　多分、「末っ子の赤ちゃん」この人を看取ったら後はいないけれど今を精一杯生きるしかない。

この手術代を払うためとその月の住宅ローンを引き落とすために、猫沼初版の印税を前倒しした。版元に感謝する。ピジョンは悪化せずその後の特別な治療も必要なく四ヵ月後の今も再発していない。少し老けたけれど今のところ大丈夫。

しかしこう書いてしまえばまたきっと何か起こるのである。その覚悟なしには生きていけない。

この三月に私は六十四歳になった。この猛獣に関しての続編が書ける事を、家の神棚に今朝も（夕方も）祈っていた。

二〇二〇年八月二日

❖本書は書き下ろし作品です

笙野頼子❖Yoriko Shono

1956年三重県生まれ。立命館大学法学部卒業。'81年「極楽」で群像新人文学賞受賞。選考委員の藤枝静男に絶賛される。

'91年『なにもしてない』で野間文芸新人賞、'94年『二百回忌』で三島由紀夫賞、同年「タイムスリップ・コンビナート」で芥川龍之介賞、2001年『幽界森娘異聞』で泉鏡花文学賞、'04年『水晶内制度』でセンス・オブ・ジェンダー大賞、'05年『金毘羅』で伊藤整文学賞、'14年『未闘病記——膠原病、「混合性結合組織病」の』で野間文芸賞をそれぞれ受賞。

近著に『ひょうすべの国——植民人喰い条約』『さあ、文学で戦争を止めよう 猫キッチン荒神』『ウラミズモ奴隷選挙』『会いに行って 静流藤娘紀行』など。'11年から'16年まで立教大学大学院特任教授。

猫沼《ねこぬま》

2021年2月21日　第1刷発行

著者｜筆野頼子

発行人｜ミルキィ・イソベ

編集｜今野裕一

発行｜株式会社ステュディオ・パラボリカ
東京都台東区花川戸1-13-9 第2東邦化成ビル5F 〒111-0033
☎03-3847-5757｜℻03-3847-5780｜info@2minus.com｜www.yaso-peyotl.com

印刷製本｜中央精版印刷株式会社

ISBN978-4-902916-43-0 C0093